Gina

Maria Climent
Gina

Traducción del catalán de la autora

Papel certificado por el Forest Stewardship Council®

Primera edición en castellano: octubre de 2019
Segunda reimpresión: mayo de 2024

© 2019, Maria Climent Huguet
© 2019, Penguin Random House Grupo Editorial, S. A. U.
Travessera de Gràcia, 47-49. 08021 Barcelona
© 2019, Maria Climent Huguet, por la traducción

© Diseño: Penguin Random House Grupo Editorial, inspirado en un diseño original de Enric Satué

Penguin Random House Grupo Editorial apoya la protección de la propiedad intelectual. La propiedad intelectual estimula la creatividad, defiende la diversidad en el ámbito de las ideas y el conocimiento, promueve la libre expresión y favorece una cultura viva. Gracias por comprar una edición autorizada de este libro y por respetar las leyes de propiedad intelectual al no reproducir ni distribuir ninguna parte de esta obra por ningún medio sin permiso. Al hacerlo está respaldando a los autores y permitiendo que PRHGE continúe publicando libros para todos los lectores. De conformidad con lo dispuesto en el artículo 67.3 del Real Decreto Ley 24/2021, de 2 de noviembre, PRHGE se reserva expresamente los derechos de reproducción y de uso de esta obra y de todos sus elementos mediante medios de lectura mecánica y otros medios adecuados a tal fin. Diríjase a CEDRO (Centro Español de Derechos Reprográficos, http://www.cedro.org) si necesita reproducir algún fragmento de esta obra.

Printed in Spain – Impreso en España

ISBN: 978-84-204-3899-3
Depósito legal: B-17435-2019

Compuesto en Arca Edinet, S. L.
Impreso en Arteos Digital, S. L., Martorell, Barcelona

AL3899A

A mis padres

La vida es una sucesión de acontecimientos inevitables y de acontecimientos evitables que por lo que sea no se han evitado, o que incluso se han buscado.

Hace ahora un año que Fran y yo vinimos a vivir aquí. Nos trasladamos porque a mí los médicos me dijeron: si quieres tener un hijo tenlo ahora, que hay que cambiarte el tratamiento y los otros tratamientos no son compatibles con el embarazo. Y tampoco tienes veinte años.

Siempre había pensado que en esa época indeterminada conocida como Más Adelante me gustaría tener un hijo. Lo había dado por supuesto, casi por hecho, que cuando-fuera-el-momento formaría mi propia familia. Nunca hubiera dicho que tendría que decidirlo de esta manera, un lunes por la mañana. En el momento en que tuve que tomar esta determinación no tenía ningún tipo de lo que llaman instinto maternal, solo la obligación de decidir en el acto. Si me lo hubieran hecho elegir tres o cuatro años antes no habría sido necesario que lo hiciera porque el ataque de ansiedad me habría matado. Pero mira, por suerte (suerte es un decir), ya hacía un poco de tiempo que el pánico a las decisiones adultas me lo pasaba por el faralá. De acuerdo, tendré un hijo y lo tendré ahora, yo qué sé, me da más miedo no tenerlo que tenerlo. No sea que me despierte una mañana con cincuenta años y me arrepienta de una decisión no tomada veinte años atrás.

Para Fran, este sitio era todo un descubrimiento, un espacio inhóspito dejado de la mano de dios donde estar tranquilo, delante del mar y a buen precio. El lugar perfecto para criar a un niño, lejos de la contaminación y la prisa de la ciudad. Y para mí eran todos los veranos de la infancia.

Cuando vinimos a vivir aquí también era verano y estaba lleno de gente haciendo eso de veranear. Básicamente los que vienen son aragoneses, y la mayoría tienen un apartamento desde la época de la transición; llegan cargados con las neveras de playa hasta arriba de pechugas de pollo en bandeja y melones y, cuando se les terminan, van al Mercadona a comprar más.

Cuando se fueron los aragoneses en septiembre, descubrimos que estábamos solos con cuatro personas más en toda la urbanización. Los vecinos que teníamos más cerca eran una señora de Sagunto y su hijo, que vive con ella. El hijo, no os creáis, tiene los cuarenta años cumplidos de sobra. Es soltero. No hay tampoco ninguna criatura que venga a visitarlos nunca. Viven solos y parece que así haya sido desde el principio de los tiempos. Tienen exactamente la misma voz, que es algo que me flipa. Cuando los oigo hablar, no sé nunca quién contesta a quién. Ella tiene un nombre que Fran es incapaz de retener: Esmeralda. Tiene gracia porque ella a Fran tampoco lo llama por su nombre. Lo llama Ernesto, no sabemos por qué. Fran es consciente de que no sabe cómo se llama ella y por eso siempre evita tener que pronunciar su nombre, cuando hablan. Pero ella no: ella está convencida de que se llama Ernesto, y normal que lo piense, si cada vez que grita Ernesto de jardín a jardín él se gira y responde.

Hay otro que no sé cómo se llama, pero nosotros —entre nosotros, no a la cara— lo llamamos Nelson, porque parece que haya naufragado con la ropa que lleva puesta, él y los dos perritos pequeños —no quiero decir pequeños de edad sino de tamaño— que lleva atados con un cordel a la cintura, y aquí se haya quedado, sobreviviendo.

Nelson siempre va con sombrero de pescador gris, con unas bermudas grises con bolsillos a los lados de las perneras, con una camiseta morada, un chaleco gris de esos que tienen muchos bolsillos, como de explorador, y unas sandalias cangrejeras. Ya sea verano o invierno. Tiene el pelo largo y blanco, pero no bonito, como Jeff Bridges o Richard Gere, por ejemplo, no; sacaos esta imagen de la cabeza. Tiene los ojos pequeñitos y oscuros e inquietantes, como de hámster, y no habla nunca, o casi nunca. A veces se nos queda mirando, cuando nos cruzamos entrando o saliendo de casa o del coche y nos mira como si estuviera a punto, a punto de decirnos algo, pero no lo acaba de hacer. No le he visto sonreír en ningún momento. Ni conversar con otra gente. Solo él con los dos perritos atados arriba y abajo. Ni a los perros les dice nada. Ellos tres callados y ausentes como cuando estás rodeado de personas pero estás solo.

Y mi preferido. No sé ni por dónde empezar, pero empezaré por decir que alguien de la inmobiliaria, cuando firmábamos el contrato de la casa, dijo: Arturo es un buen tipo. Tiene un aire a Albert Pla, ya lo reconoceréis.

Cuando llegamos con el camión de la mudanza, mientras bajábamos los muebles y hacía mucho calor, mucho calor, porque recuerdo que era uno de agosto, oí una voz a mi espalda que decía:

—Perdón, ¿esto es vuestro?

—Tú debes de ser Arturo —no tuve ninguna duda.

«Esto» era una tortuga de agua dulce y tamaño considerable que tenía sobre las dos manos abiertas. Y no, de entre la barbaridad de cosas que nos habíamos traído de Barcelona aquella tortuga no era una de ellas.

Arturo es como el guardián de la urbanización. Le dejan vivir gratis en una de las casas a cambio del mantenimiento de las demás de la comunidad, incluida la nuestra. Siempre va con un chándal de táctel y un winston en la boca medio aplastado que coge con dos dedos. Pero esto y que le falten una serie de dientes no es importante. Lo que más me llama la atención de Arturo es que se pasa el día —él sí— bramando a los perros que tiene. Tiene cinco. Y además cinco gatitos. A los gatos los deja en paz. Pero a los perros se pasa el día llamándolos a gritos. Y los llama como si esperara una respuesta. Con el tiempo he identificado que se llaman Niki, Vicky, Bruto, Rocco (o Rocko, no sé cómo lo escribirá) y Lula.

A mí me inquieta esta manera tan suya de llamar a los perros, como si fuera Tarzán de la selva convocando a las bestias, como si tuviera que hacer bajar a las cabras de la sierra del Montsià, y por eso a veces lo observo entre los matorrales más altos de mi jardín. Siempre está ocupado arrastrando un carrito de supermercado lleno de escombros y cosas y más escombros que no sé de dónde saca, y cambiándolo de lugar. Alguna vez he pensado que ojo no sea una de esas personas a las que se han llevado en una nave extraterrestre años, pero muchos años atrás, y ahora, después de mucho estudiarlo, la hayan dejado en esta urbanización donde la gente tiene unos códigos de conducta que él no comprende, con la única misión de conseguir que un día alguno de sus cinco perros le responda: ¿qué?, ¿qué quieres?, un poco nervioso, como lo estamos todos.

Vivimos aquí de alquiler. Nos gustaría comprar la casa pero no tenemos suficiente dinero. Lo que sí que tenemos son dos planes para tenerlo.

El plan A
Es el plan de Fran y consiste en que nos toque la primitiva. Sin rodeos. El funcionamiento para ejecutarlo es relativamente sencillo: solo hay que ir una o dos veces por semana a una administración de lotería y comprar. Entonces, también una o dos veces por semana, hay que mirar por internet, a poder ser con cierta ilusión, si te ha tocado. Una de las cosas que admiro y no entiendo a la vez de Fran es que conserva la ilusión intacta después de tantos años como lleva jugando. Comprueba el billete como si fuera la primera vez. Y está absolutamente convencido de que le va a tocar tarde o temprano. Podríamos decir que cuenta con ello, por el tipo de afirmaciones que hace: esto, cuando nos toque la primitiva; ya verás cuando nos toque la primitiva; nos tiene que tocar ya porque necesitamos un año sabático.

Yo detesto este plan, ya se lo he dicho. Al parecer, según he leído, es más probable, por estadística, que nos caiga un rayo encima antes de que nos toque la lotería. Yo prefiero tener una estrategia que dependa mínimamente de mis actos. Por eso he tramado un segundo plan.

El plan B

Que consiste en hacer un *one hit wonder*. Resulta que Fran es músico. Instrumento que cae en sus manos, instrumento que sabe tocar. Yo no. Yo soy traductora y apenas sé hacer nada más. Viéndome bailar, por ejemplo, dudaríais si estoy teniendo un ictus o un infarto. Pero Fran tiene *flow*, qué queréis que os diga, el pirata. Y tiene un gusto exquisito para la música, eso también. Virtud que complica un poco las cosas a la hora de crear un *one hit wonder*, que, para quien no lo sepa, se trata de un tema musical que triunfe tanto como la Macarena o el Aserejé y nos permita vivir de las rentas.

Por eso me he implicado: porque su plan de hacernos ricos con la primitiva no me parece nada realista. Tan poco realista que he visto más factible —imaginaos— que yo aprendiera a tocar la batería y entre los dos formáramos un grupo y compusiéramos una canción que diera la vuelta al mundo. En eso estamos. En eso y en hacer un bebé, que son dos proyectos que un poco se retroalimentan, porque, a fin de cuentas, si queremos comprar la casa es porque nos gustaría hacer obras, pero no nos vamos a gastar dinero en una casa que no es nuestra, ¿verdad? Y luego, para no estar sufriendo por si nos echan a nosotros y al bebé y a la batería, y entonces a ver qué hacemos.

Yo no sé si lo conseguiremos, seguramente no, porque a mí también me parece loco esto de formar una banda (por aquí, en el Delta del Ebro, según cómo, aún llaman conjunto a las bandas de rock: fulanito tenía un conjunto) y poder comprarnos la casa con el dinero del éxito de nuestro *one hit wonder* para que crezca esta hipotética criatura que estamos intentando tener. Pero mirad qué os digo: si tenemos un plan, más vale que sea divertido. Así, si no lo conseguimos, al menos nos lo habremos pasado bien intentándolo.

No puedo evitar, ahora que he vuelto a vivir aquí, recordar a la señor Maria cada vez que paso por delante de la que fue su casa.
La señor Maria era de Masdenverge y amiga de mi abuela Maria Teresa. Que, no os lo perdáis, ahora sé que Masdenverge está a catorce kilómetros de mi pueblo, pero entonces a mí me parecía que la señor Maria debía de ser como mínimo de otro planeta. Se ve que había estado viviendo en Francia durante la dictadura franquista y, por lo tanto, en contacto con catalanes de otros lugares, y de ahí ese acento catalán que a mí me parecía tan sofisticado (porque decía *aquest* y no *este* y *nosaltres* y no *natros*, entre otras peculiaridades lingüísticas distintas a las nuestras).
La señor Maria y mi abuela Maria Teresa solo se veían en verano, cuando coincidían en la urbanización Sol y Mar de Alcanar Playa, que es donde tenían los respectivos chalets. A mí, con mis abuelos, que entonces me parecían viejos pero que ahora lo pienso y no debían de haber cumplido ni los sesenta, me dejaban todo el verano, todos los veranos desde que tengo memoria y hasta que me vino la regla, que coincidió con la edad en que quise dejar de ir.
Mis abuelos ya estaban desde mitad de junio en el chalet, y a mí mis padres me llevaban el uno de julio. Me llevaban a mí sola porque a mi hermana, que no nació hasta que yo tuve cinco años, primero no la llevaban porque decían que daba demasiado trabajo a mi abuela y luego, cuando ya fue mayorcita como para no mearse encima, la niña captó que durante dos meses al año podía tener el privilegio de ser hija única y por eso siempre montaba el numerito para que la dejaran quedarse en casa con mis padres. Nada más llegar al chalet, mi abuela me decía: ahora vamos a ir a saludar a la

señor Maria, que quiero que vea lo mucho que has crecido desde el verano pasado. Y yo pensaba que no tenía ningún mérito, que no podía frenarlo, eso de crecer y crecer, y ella estaba orgullosísima de mis rizos, que tardé en entender que eran míos y no suyos porque ella siempre le decía a todo el mundo: mirad estos rizos, son míos.

La señor Maria tenía un conejillo de Indias (ahora parece más moderno llamarlo cobaya, pero antes lo llamábamos conejillo de Indias) que se alimentaba de tomates cherry (esto también ocurriría antes de que los tomatitos se llamaran cherry) que ella misma cultivaba. Os podéis imaginar que el verano que me presentaron al conejillo de Indias casi estallo de alegría. No solo me dejaban acariciar a un animal suave, pequeño y dócil, cuya existencia desconocía por completo hasta entonces, sino que además me dejaban comer lo mismo que comía él: podíamos compartir aquellos tomatitos que parecían de juguete y que, igual que la señor Maria, me parecían traídos de un lugar exótico. De Masdenverge, muy probablemente. Bien pensado, y desde la distancia, tal vez asociaba el exotismo con Masdenverge porque siempre se ha dicho: en Masdenverge cayó un globo. Y la primera persona a la que le oí decirlo fue la señor Maria. *A Masdenverge va caure un globo.* ¿¿Sí?? ¿Cuándo? ¿Cómo fue eso? Siempre-se-ha-dicho. De hecho, este fenómeno un poco extraño todavía pasa hoy por la comarca del Montsià; no que caigan globos, que esto solo pasó una vez a finales del siglo xix, sino que si tú pronuncias el nombre de este pueblo ante alguien de la zona de más de cuarenta años te va a soltar, como por inercia, sin siquiera levantar la mirada del periódico o apartarla de la tele: en Masdenverge cayó un globo.

Y ahora otra cosa que me confundía, y a estas alturas del texto supongo que a vosotros también: quiero decir, que yo era pequeña pero ya sabía que las mujeres eran señoras y los hombres eran señores, menos la señor Maria, que por algún motivo que se me escapaba había adquirido el género masculino.

En el afán tan humano de encontrar una norma que respondiera a mi duda por la que a algunas mujeres se las trataba de señor, mis seis o siete años y yo imaginamos que debía de ser una cuestión de estatus, tal como haberse quedado viuda.

De hecho, a la señor Maria hacía años que se le había muerto el marido. No había buscado otro y nunca hablaba de él. Era como si hubiera pasado en otra vida. Os diría cómo se llamaba su marido pero es que no lo sé, de lo poco que hablaba de él. Y eso que yo me pasé tardes enteras de veranos enteros en su jardín, escuchando de fondo las conversaciones entre ella y mi abuela, mientras le acariciaba el conejillo y me le comía los tomatitos.

Hablaban de plantas, de cuáles daban mejor resultado: «Esta te aguanta todo el verano, esta es una mala hierba, Maria, pero saca una flor muy bonita, parece una bailarina». A mí esa mala hierba me flipaba: con el primer rayo de sol las florecillas de la planta se recogían sobre sí mismas —según mi abuela, se iban a dormir, en la que fue la primera metáfora que entendí; mi abuela nunca supo qué eran las metáforas, pero ella las usaba— y al atardecer volvía la flor de noche a despertarse y trasnochaba, y se abría en forma de mujer con vestido de gala. Me fascinaban. Todos los colores del mundo estaban allí, en cada una de aquellas flores frágiles que danzaban al ritmo del día y de la noche.

Aunque mi planta preferida es la buganvilla. Pero lo cierto es que no sé si me gusta genuinamente o si es porque el chalet donde me pasé mil veranos hablando de cosas fundamentales con mi abuela estaba recubierto de buganvillas. «Se cose así, ponte el dedal, *oco* no te pinches.» O me enseñaba a lavar la ropa a mano en la azotea con jabón blando, «que es *lo que va millor*». O a cocinar con paciencia, pero eso no lo aprendí. Y esta era la vida de mi abuela, que no sé si estaba de acuerdo o no, si le gustaba la vida que llevaba o hubiera preferido otra, porque me parece que no se lo preguntó nunca nadie.

El caso es que las cosas que sabía hacer muy bien le gustaba hacerlas, y cuidar las plantas le gustaba. A mí me gustaba mirar cómo le gustaba y, como si se hubiera propuesto no hacer nada más en la vida —debía de ser exactamente eso—, quitaba con toda parsimonia las hojas muertas de cada planta que tenía en el jardín durante horas y más horas mientras tarareaba canciones en castellano, que eran las únicas que conocía, aunque no lo hablara nunca. Y la buganvilla inmensa de la entrada, a partir de la primavera, comenzaba a dar mucho trabajo, mucho. Todos los días había que barrer, pero es tan *boniqueta* ahora, me decía, que hay que aprovechar para mirarla. Y me las hacía oler y me decía: «Huélelas. Estas no tienen olor y estas sí». Y yo cuando echo la vista atrás y recuerdo aquella época me pierdo en una nube de fragancias, texturas y colores que mezclaban rojos, amarillos, verdes y violetas, y el tacto de sus camisolas de verano que parecían de seda pero no lo eran y el del jabón blando frío en las manos bajo un sol que despatarraba y el olor de la comida que subía por las escaleras mientras se hacía a fuego lento en la cocina de gas, que tenía todo el aroma del amor, porque siempre he pensado que si alguien cocina a fuego lento para ti es porque te debe de querer mucho. Y todavía, si respiro fuerte buscándome la infancia, me mareo un poco y todo.

A veces también hablaban de los hijos. La señor Maria tenía dos, un chico y una chica. Tardé un poco en descubrir que no se llamaban efectivamente Elnoi y Lanoia. Se habían quedado en Francia, perdiendo la oportunidad de ser de Masdenverge, pensaba yo. A la señor Maria también le daba pena que se hubieran quedado allí pero decía como resignada que la vida tiene sentencias. Aquí siempre hacía una pausa, como un silencio musical, y entonces decía: y luego todo va como va.

Yo ya había captado que la señor Maria utilizaba unas palabras que nosotros no, fruto de haber estado en contacto con catalanes de otros lugares. Más adelante supe que aquello eran los *pronoms febles,* que en mi dialecto no se usaban.

A mí me fascinaba todo aquello. El conejillo de Indias, los tomates pequeños, aquel acento sofisticado, las conversaciones serias sobre flores, sobre cómo iba a preparar el pescado que había comprado mi abuela para la cena, «a Juan José le gusta que se lo haga así» —el pescado, no os penséis que hablaban de ninguna intimidad—. Y el género masculino con el que era tratada la señor Maria, sobre esto me picaba la curiosidad. No era mi abuela la única que se le dirigía así. Los otros vecinos de la urbanización también.

La señor Maria era alta y delgada, se hacía sus propios vestidos y llevaba el pelo corto y blanco: «Me lo corté cuando llegué a París». Normal. Yo también lo llevaría muy corto, si viviera en París. Quizá me pintaría los labios de rojo y todo, yo, si viviera en París. «Y, fíjate, cuando me salió el primer mechón blanco, ya me lo teñí todo de blanco. ¡No me importaba lo más mínimo! Y piensa que en aquella época a los veinticinco ya te salían canas, que pasamos mucha pena los de nuestra generación.» Años más tarde pensé que, allí en Francia, la señor Maria debía de haberse dejado influir por Andy Warhol, porque llevaba el mismo corte de pelo y además él se tiñó el pelo de blanco a los veintitrés para parecer más mayor —que es algo que yo misma he valorado hacer en varias ocasiones en la vida, no sé si inspirada por el señor Andy Warhol o por la señor Maria—; en cualquier caso, siempre me ha faltado valor para hacerlo, de momento.

El último verano que pasé con los abuelos en el chalet (una urbanización sin bar, ni tienda, ni calles asfaltadas) tenía catorce años. Aquel año mis padres me llevaron como siempre el primero de julio mismo, con la novedad de que no llegaba sola: esta vez me traía toda la idiotez de la adolescencia. De golpe era medio imbécil: todo me daba vergüenza, no tenía nada de qué hablar con mis abuelos, no quería hacer nada y lo quería hacer todo, no sabía aburrirme y miraba de un modo extraño a todos y a todo.

¿Vamos a ver a la señor Maria, yaya? Se ha muerto. Mi abuela no era sutil. Ni tierna, ni tenía una gran psicología. Las cosas claras. Si se ha muerto, se ha muerto; gestiónatelo como puedas. Mierda, porque la señor Maria era la única chispa de modernidad que se intuía en aquellos veranos míos de calores, moscas y mosquitos, charlas amodorradas, rodillas destrozadas de aprender sola a montar en bicicleta por la grava.

Me subí en la bici y me planté delante de su chalet. Vi la casita vacía donde el verano anterior dormía el conejillo de Indias en el jardín. ¿Quién se lo habría quedado? Aquel julio estaba dispuesta a preguntarle si ella también se había dado cuenta de que la llamaban señor-masculino-Maria. Y tenía esa edad en la que no quería hablar con nadie menos con la gente que me interesara y qué putada porque la señor Maria, que me interesaba, se había muerto y no la vería nunca más, que es un concepto imposible de abarcar.

Me había dicho, el verano anterior, que me enseñaría a coser unos vestidos como los suyos, no como los de mi abuela, que también cosía y cosía muy bien, lo que pasa es que más bien se cosía camisolas, siempre muy estampadas con flores y muchos colorines, pero un poco del entallado de Demis Roussos.

Cuando le pregunté a mi abuela de qué se había muerto me contestó que de un mal ruin, que pronto vendrían los chicos a recoger las cosas del chalet porque lo pondrían en venta y que a ver quién lo compraba. Que mejor que fuera alguien de por allí y no otros franceses, que no entendemos lo que dicen y nunca sabemos si nos critican o se nos ríen en la cara.

Aquel año no me quise quedar todo el verano. Solo me quise quedar una semana. Cuando vinieron mis padres a comer el domingo les anuncié que me volvía con ellos, decisión que no los hizo estallar de alegría, ni les llenó de luz la mirada, ni fue celebrada con abrazos y champán y pasteles, pero mira, era su hija y se me tenían que llevar.

Antes de subir al coche de mis padres quise ir a mirar por última vez el chalet de la señor Maria. Quizá el verano siguiente ya no habría las mismas plantas ni tendría todo el mismo aspecto, si lo acababan comprando unos franceses, y yo necesitaba una imagen mental que retener. Lo que no podía saber, al tomar la decisión de ir a mirar la casa para recordarla de la misma manera exacta, era que estaba a punto de pasarme uno de esos acontecimientos que te cambian para siempre.

Me agobié bastante cuando vi un coche con matrícula francesa, y dando tumbos por el jardín a un hombre y una mujer jóvenes. ¡Los chicos!, pensé enseguida y, en un sobresfuerzo para vencer mi timidez innata con un plus de adolescencia, grité ¡hola! —en condiciones normales, cuando me tengo que dirigir a un desconocido recito mentalmente la frase que estoy a punto de pronunciar y tengo planeado qué diré a continuación según las diversas posibles respuestas, pero en aquella ocasión me lancé al vacío, consciente de que no podía guiarme por mi deseo de continuar aquel hola, que ya era demasiado tarde para retirar, con un cómo es que a vuestra madre la llamaban señor-masculino-Maria—. Así que, tan pronto como se volvieron hacia mí, opté por hacer una pausa, como un silencio musical, y soltar: la vida tiene sentencias y después —otro suspiro— todo va como va.

Probablemente entre sorprendidos e intrigados por mi absurda aportación, se me acercaron los dos. Debían de tener veintipocos años, iban arreglados, como si fueran de boda, eran morenos, ella con una melena reluciente y estilosa, y él con los ojos almendrados. Yo, colorada hasta el punto de la agonía, dije: me llamo Gina, soy la hija, bueno, la nieta de la señora Maria Teresa, *d'aquell* chalet *d'allà*. ¿Sois los hijos de la señor (remarqué este señor) Maria? Me dio mucha pena lo de vuestra madre. Les alargué la mano; ellos me miraban dejándome claro que yo estaba hablando en balleno como mínimo.

Él, acabé entendiendo, era el hijo y hablaba un catalán pobre con acento afrancesadísimo. Ella era su novia, y dentro de la casa estaba la hija, Elizabeth. Qué nombre tan elegante. Entonces Elizabeth apareció en el porche y diría que la música celestial solo sonó en mi cabeza. Era exactamente igual que su madre, con bastantes años menos. Llevaba también el pelo corto y plateado, a pesar de no llegar muy probablemente a los treinta, en lo que a mí me pareció el paradigma de la personalidad. Pantalones color granate de cintura altísima con la camiseta por dentro a juego con el pelo casi blanco, tobillos al aire con sandalias de tacón. Los ojos eran como almendras, del color de la miel. Ella era la mayor de los dos hermanos y hablaba mejor el catalán. Se me acercó y me dijo: ¿conocías a mi madre? Se encendió un cigarrillo fino con unas manos finas y las uñas pintadas a juego con la camiseta y el pelo corto; un cigarrillo que debía de ser francés, porque del Delta del Ebro no era. Y yo, queriendo estar a la altura, le volví a alargar la mano con toda la repelencia de una niña que quiere parecer adulta y le dije:

—Desde que tenía seis meses. Yo, no ella, quiero decir.

—Debes de pensar que somos malos hijos, ¿no?

—Yo no pienso nada de vosotros. Solo que tú te pareces mucho a ella.

—¿Quieres tomar un café? —Elizabeth me hizo pasar al comedor, salita que yo conocía bastante bien. Aquel fue el primer café que me tomé en la vida. Tuve la sensación física de que en ese preciso momento me había hecho mayor, que aquel café con la hija de la señor Maria era ni más ni menos que la representación palpable de mi tránsito de criatura a persona adulta, responsable y formada. Fijaos qué burrada. Para romper el hielo, se me ocurrió preguntar:

—¿Dónde está el conejillo? —me pasa mucho que, inmediatamente después de decir cualquier cosa, me la cuestiono hasta el arrepentimiento más absoluto. Si se pudiera volver atrás y borrar frases dichas y acciones hechas, yo prácticamente no habría dicho ni hecho nada en la vida.

—No sé de qué me hablas.

—Ah, tenía un conejillo de Indias al que he acariciado cada verano durante los últimos ocho años.

—¿Ocho años? Se habrá muerto también, *alors*. ¿Y te gustaba? ¿Cómo se llamaba? —cómo iba a no gustarme.

—No tenía nombre.

—Me creo que no tuviera nombre. A mi madre no se le daba muy bien escoger nombres, en general.

—Pues el tuyo es *très joli* —ah, resulta que ahora yo también hablaba francés. Y en ese preciso momento apareció mi madre por la puerta para recordarme solo con la mirada que aquello no era una peli de Woody Allen, que yo no tenía veinte años y que tira para el coche que hace media hora que te esperamos y tu padre empieza a estar *nervioset*—. Ahora salgo —y le hice como señales con las cejas para que se volviera hacia el coche. Me di la vuelta de cara a Elizabeth—. Me da mucha pena que se haya muerto la señor Maria. La apreciaba. Tengo que irme, pero necesito preguntarte algo. Perdona, es que tengo que saberlo, quisiera habérselo preguntado a ella este verano pero mira.

—¿Qué es?

—¿Por qué la llamaban señor Maria? —por fin, por fin.

—Es que se llamaba así.

—Pero ¿y señor, en masculino?

—Ah, ¿la llamaban en masculino? ¿Quién la llamaba así?

—Todo el mundo aquí —no me lo podía creer. Ella no lo sabía.

—¿Tú por qué crees que la llamaban en masculino? —estiró el cuello para soltar el humo hacia el lado contrario de donde estaba mi cara. Cuando le volvió el rostro a mi campo de visión, sonreía como si aquella hubiera sido una pregunta trampa, o eso pensaba yo, que siempre he pensado demasiado.

—Estuve años creyendo que era porque se había quedado viuda, pero eso no tiene sentido porque no a todas las viudas se refieren en masculino.

—Exacto. Entonces ¿por qué?

—No lo sé. Pensaba que tú lo sabrías. ¿Podría ser que fuera —pausa, como un silencio musical— porque quería a las mujeres? —del color del pimiento de la Vera me puse al preguntar eso. No me podía creer, de hecho, que lo hubiera soltado.

—¿Y quién no quiere a las mujeres? Hay que ser muy mala persona para no querer a las mujeres, ¿no crees? En todo caso, tampoco tendría sentido que fuera por eso. Por la misma razón que no a todas las viudas se refieren como señores, a todas las mujeres que aman a otras mujeres tampoco.

—*Et alors?* —yo continuaba con mi recién estrenado dominio del francés. El claxon del coche sonaba amenazante desde fuera.

—Hagamos una cosa —cogió un papel y un boli y se puso a escribir una dirección mientras daba la última calada y apagaba en un cenicero de cristal verde Duralex el cigarrillo parisino—. Dale un par de vueltas, yo también lo pensaré, y escríbeme en cuanto tengas una hipótesis más sólida —me guiñó el ojo.

De repente tenía un nuevo objetivo en la vida y una dirección de París adonde escribir una carta. Recuerdo la sensación de no tocar el suelo con los pies en mi trayecto hacia el coche y haber pensado que aquello debía de ser la euforia. Más tarde entendería que la euforia tiene un techo. Que, por más cosas buenas, grandes e importantes que me pasaran en la vida, la euforia que sentiría no sería mayor que la de aquella tarde saliendo del chalet de la señor Maria.

Tengo que reconocer que en ese momento la dirección me quemaba, que pensaba que le escribiría enseguida, nada más llegar a casa, que no podría dejar pasar el verano para escribirle con una hipótesis-más-sólida. Pero llegó septiembre y seguía sin hipótesis, y lo mismo cuando llegó Navidad. Y cuando volvió a llegar el verano, yo todavía estaba pensando en ella y me di cuenta de que la hipótesis de su madre y el género masculino se había convertido en una excusa para escribirle una carta.

Uno

Septiembre de 2016

Querida Elizabeth:
He decidido escribirte la carta que te debo en forma de diario, porque en realidad tú y yo no nos conocemos, lo único que pasa es que intuyo (sé a ciencia cierta) que tú para mí eres más importante que yo para ti, y he pensado que si tengo alguna remota posibilidad de aumentar tu interés hacia mí es a través de las palabras y, en el fondo, de la manera en que estas sepan desnudarme como persona. Aunque tengo que decir también que empiezo una nueva etapa, estoy intentando ser madre, y me gustaría cerrar algunas puertas como este pensarte de reojo no sé con qué intención desde hace más de media vida. Quizá me ayude el hecho de escribirte finalmente la carta que te debo.

No sé el tiempo que durará esto mío de escribirte en forma de diario, como tampoco sé qué resultado tendrá, así que, cuando me canse, pondré este periodo de mi vida dentro de un sobre y te lo enviaré.

Empiezo esta carta-en-forma-de-diario un poco de mala leche. Porque yo no soy de no aprobar el examen a la primera. Más bien soy de sacar nota. Igual que cuando me saqué el carnet de conducir, que no me entraba en la cabeza no aprobarlo a la primera. O no terminar la carrera a curso por año, o todos los títulos oficiales y extraoficiales de inglés y de francés que estuve sacándome incluso antes de que me saliera pelo en la axila. Y esto, lo más importante de mi vida, esto se ve que no.

Hace quince días que no fumo. Hacía diez años que fumaba, diez. Y me gustaba fumar. Lo hacía sin remordimientos. Pero el sábado por la noche, este no, el anterior, Fran y yo hicimos el amor, porque era el día, según la aplicación del móvil, de la ovulación. Lo habíamos hecho todo bien. Habíamos dicho: hacemos primero la mudanza y una vez en el Delta, a partir de agosto, nos ponemos. Y así lo hicimos. Y claro, yo el domingo al despertar asumí que ya no podía fumar porque acabábamos de engendrar una criatura.

Y nada, resulta que hoy me ha venido la regla. ¿Qué clase de engaño es este? Cómo se supone que se hacen los niños, si no es así. Ahora he llamado a mi madre y me ha dicho que esto es de lo más habitual, que a ver si te piensas que te vas a quedar embarazada a la primera. Tampoco es lo normal esto, hija, con lo lista eres para unas cosas, y para otras parece que naciste ayer. Pero a mí me da rabia pensar que, si esto de tener un hijo dependiera de algo que yo pudiera hacer con esfuerzo, no sé, como estudiar, trabajar mucho, hacer ejercicio, seguro que lo habría conseguido. Pero no, la única vía es confiar en que alguno de los espermatozoides —que no son míos, encima, son de otra persona, de Fran, en este caso— llegará al óvulo y lo fecundará; me parece injusto.

Injusto cómo este cuerpo mío hace lo que quiere, tan rebelde, tan indisciplinado, tan suicida.

Te tendré informada.

Un beso,

Gina

«Necesito un profesional. Vosotros no me podéis ayudar y yo necesito ayuda.» Ahí me teníais. Sí, señora. Esta conversación tenía lugar entre mi madre y yo en nuestro pueblo natal, muy cerca de donde nos fuimos a vivir años después Fran y yo, un pueblo de diez mil habitantes y unos cien mil mosquitos.

La primera vez que decidí ir a psicoterapia tenía diecinueve años. Así conocí a Franziska, mi psicoterapeuta. Lo decidí porque vivía atormentada por el reto de vivir. Y eso que la vida me sonreía como sonríen los niños con una pelota de playa.

Cuando eres pequeña, no te imaginas que algo pueda ir mal. El futuro es un bufet libre infinito, es todo tuyo, es inalcanzable, es eterno y morirte te pasará pero en otra vida. Hay gente que ya lo sabe, que lo tiene jodido, porque han tenido la mala suerte de haber nacido en un país en guerra o un entorno desfavorable. En este mundo de mierda por desgracia tenemos millones y millones y millones de ejemplos de niños con un futuro complicado. Pero no era mi caso. Yo daba por hecha la vida fácil. La felicidad, tal vez. Sí, daba la felicidad por segura. A mí la vida me iría de cara.

Tenía tan claro que me iría bien que si no me iba bien solo podría ser porque yo misma la habría pifiado con malas decisiones. Por lo tanto, lo que me tenía atormentada era tomar decisiones. El miedo a equivocarme. Ahora da igual todo esto, pero, a los diecinueve años, un futuro prometedor me asustaba por la posibilidad de no alcanzarlo.

Los miedos eran, podríamos decirlo así, el hilo conductor de mi día a día: el miedo de querer a la persona equivocada. Sobre todo esto. Imagínate acabar casándote con quien no toca. ¿Cómo puedes estar segura? El miedo a perder el tiempo —el tiempo, válgame dios, la carrera que sabes que tienes perdida antes de empezar—, el miedo a probar las drogas y el miedo a no probarlas. El miedo a decepcionar, el miedo al ridículo, al rechazo, el miedo a ponerme en riesgo, el miedo a aburrirme, el miedo a pasar por la vida sin haber vivido. Como veis, todo miedos de mentira. Los miedos felices.

En donde vivía cuando estudiaba la carrera, una especie de pueblo artificial y utópico cerca de Barcelona llamado Vila Universitaria, solo vivían estudiantes, hasta el punto de que, cuando veíamos paseando a un hermano pequeño o a una pareja de padres de alguno de los residentes, nos avisábamos: ¡mira, un crío!, ¡mira, gente mayor! Vivíamos como en una burbuja con tres amigas y en mayo, puntual, ya se abría la piscina rodeada de césped y allí comenzaba nuestra temporada de verano. El disgusto que nos daba cuando, después de San Juan, no teníamos excusa para no volver a pasar el verano al pueblo.

Ahora bien, yo iba cada viernes por la mañana a ver a Franziska porque —y ahora me doy cuenta— en la que fue la época más luminosa de mi vida a mí me parecía que no sabía ser feliz.

El centro donde trabajaba Franziska me lo habían recomendado un día que fui a comprar a la pescadería con mi madre en La Ràpita y mientras hacíamos cola —siempre hay mucha cola en las pescaderías, ¿verdad?— a mi madre se le disparó un poco el tono de voz al hablar del reciente descubrimiento de mi depresión postadolescente y soltó, ya os digo, demasiado fuerte para mi gusto, «y a ver de dónde sacamos ahora un psicólogo, porque yo no conozco ninguno». Y en el Delta, no sé si lo sabéis, antes y ahora, tanto es que haya internet como que no porque las cosas siguen funcionando por el boca a boca. Porque ser de pueblo es un poco como ser del pasado. Por suerte, y por eso nunca le agradeceré lo suficiente a mi madre aquel irse de decibelios en la cola de la pescadería, la señora Finín estaba allí sentada, con un abanico. Chicas, ¿qué buscáis? ¿Un psicólogo, he oído? Mi hijo lo es, se llama Manolo. Calla, que os apuntaré el teléfono de donde trabaja. Está aquí mismo yendo al Poblet. Paquita, trae la libreta de los teléfonos que no me lo sé de memoria, ¿quieres?

Llamé al día siguiente. Me contestó una voz de mujer con un acento extraño. Era Franziska. Los encontraría en una caseta rodeada de arrozales a medio camino entre Poble Nou del Delta y La Ràpita. Ya me avisó por teléfono: «Estamos yo y mi socio pasando consulta aquí». Vale, no me importaba, me parecía bien.

Cuando empecé era verano. En invierno los viernes también pasaba consulta en Barcelona, por eso podía seguir yendo durante el curso, pero cuando empecé a ir era verano.

Y hacía un calor que te marchitaba el pensamiento y las ganas de vivir y todo. El camino que llevaba a la caseta estaba plagado de moscas, que campaban a sus anchas antes de dejar paso a la hora del mosquito. Los arrozales estaban de un verde intensísimo y precioso, como cada principio de julio, y todo olía a campo de arroz, que es un olor tan característico que si yo, por ejemplo, fuera caminando por Manhattan y alguien hubiera plantado un arrozal pequeñito en la azotea de su edificio, yo desde la acera reconocería el olor.

Aparté la cortina de cordones de esos de plasticote verde feo y, al entrar —ellos no me oyeron—, vi a Franziska y a quien interpreté que debía de ser su socio (Manolo), pero enseguida entendí que no era solo su socio.

—Mira, haz lo que quieras. Si no quieres venir no vengas. Ya le pondré alguna excusa a mi madre —a la señora Finín, calibraba yo a escondidas.

—No, es que no es necesario que le pongas ninguna excusa. Puedes decirle tranquilamente la verdad: madre, he organizado una cena en tu casa con Franziska sin preguntarle a ella si tenía planes o si le apetecía y resulta que planes no tiene, pero ganas de ir tampoco. Y por eso no ha venido.

Así era ella. En ese momento me alegré mucho de que me hubiera cogido ella el teléfono para darme hora y no él. Aquí sí que voy a aprender cosas, recuerdo que pensé una vez superado el *shock* inicial de ver que ella le doblaba la masa corporal a él y que él le doblaba la edad a ella. Ahora ya sé que estas parejas son algo muy habitual, pero tengo que decir que en aquella época no había visto ninguna en persona, una pareja con tantos años de diferencia.

—Ah, tú debes de ser Gina. Entra, entra, siéntate encima de un cojín en el suelo, cierra los ojos y ponte la mano en el estómago. No pienses en nada y ahora cuando entre me dirás qué se te ha hecho presente. Este hombre que has visto es Manolo —yo ya lo sabía—, ya debes de haber captado que es mi socio y también mi pareja. Pero esto es lo último que me oirás decir sobre mi vida personal. Esto y que mi abuela también se llamaba Gina, que te lo cuento porque me hace ilusión esta casualidad —me dijo con una cara de absoluta y brutal indiferencia.

Sin embargo, con los años fui averiguando más cosas: Franziska era una alemana de Heidelberg establecida en Cataluña desde hacía mucho tiempo. La carrera ya la había estudiado en Barcelona porque sus padres la habían enviado a pasar el verano de los diecisiete años en casa de una tía que se llamaba Ava y que vivía allí por temporadas, porque estaba casada con un diplomático alemán y tenían casa en todos lados. Esto me lo contó un día, mientras yo indagaba haciendo como si no me importara nada, que era la única manera de sacarle información personal. Y Franziska aquel verano descubrió que aquí hacía sol todos los días y quiso instalar toda su frialdad para siempre.

A Poble Nou del Delta llegó un poco como llegan todos los turistas: yendo a pasar un fin de semana a mirar pájaros y a ponerse Autan. «Me dio el arrebato naturalista y me quise quedar, qué te parece.» Se trataba de un caso bastante aislado porque estamos hablando de un pueblo donde no hay cajeros automáticos ni tiendas de comestibles, ni tiendas de nada, de hecho. Imaginaos si hay psicoterapeutas alemanas. Solo ella. Era una mujer corpulenta, no gorda, eh. Corpulenta, fuerte, de pelo rojizo ni liso ni rizado, un poco, no sé, encrespado. Era una mujer, entonces, cuando yo tenía diecinueve, de unos treinta y cinco años, diría que no llegaba a los cuarenta, no; de rictus serio y siempre con esa distancia tan profesional. Áspera, con un humor absurdo que parecía del Delta del Ebro mismo.

Lo que no podía saber aquel primer día en que conocí a Franziska es que terminaría siendo una persona tan importante en mi vida, y que hay frases que todavía me dan vueltas por la cabeza los días en que hay cielos grises.

Dos

Octubre de 2016

Querida Elizabeth:
Hoy me ha dado una especie de terror darme cuenta de que hay cosas que no se consiguen nunca. Porque ¿cuánto tiempo es este nunca? La vida entera de alguien, ¿verdad? Piensa que hay gente que nace en guerra y muere en guerra y, tal vez, por poner un ejemplo, nunca ha leído un libro, nunca ha sabido cuál era su plato preferido, nunca ha tenido tiempo de aprender a hacer el amor.

No sé hasta qué punto llegaremos a conocernos, tú y yo, en cualquier caso debes saber que soy obstinada, que deseo pocas cosas materiales, no quiero casi ninguna, me podría deshacer del ochenta y cinco por ciento de cosas que tengo de un segundo a otro y no me importaría en absoluto, pero las cuatro cosas que quiero en la vida las quiero mucho.

No sé hasta qué punto llegaremos a conocernos, tú y yo, pero por si acaso la cosa se queda aquí, me gustaría que supieras que, para mí, la vida son cosas preciosas y cosas horribles que se intercalan y que, a veces, coinciden.

Las cosas horribles aparecerán igualmente aunque no quiera alguna noche inoportuna, y las cosas bonitas tengo todo el derecho a buscarlas.

Esto te lo digo hoy que es otoño y llueve y he sabido que este mes tampoco estoy embarazada.

Un beso,
Gina

Uno de los primeros recuerdos de infancia que tengo de estas calles donde vivimos ahora, además de la señor Maria, es el impacto que me causó ver a la primera persona extranjera. En concreto, a una francesa que se llamaba Hélène. Los vecinos del chalet de mis abuelos siempre alquilaban el suyo durante el mes de agosto a la misma familia. Llegaban de madrugada en un monovolumen Renault Espace verde botella, con aquella matrícula amarilla que a mí me fascinaba solo porque era extranjera y todo lo que era extranjero, sin que nadie me lo hubiera enseñado, me parecía que tenía que ser mejor que lo que había conocido yo hasta entonces. Me bastaba con mirar por la ventana de la habitación el día uno de agosto de cada verano al despertar para encontrarlo aparcado. Comenzaba el exotismo, os podéis imaginar.

Los franceses tenían dos hijas: una era Hélène, que tenía la misma edad que yo, y la mayor se llamaba Christine y tenía cinco años más que nosotras. Así que a mí me tocaba jugar con Hélène —o quizá a Hélène le tocaba jugar conmigo— y Christine estaba en esa edad en que fumaba a escondidas y nosotras le parecíamos, no sé, aliens. Yo durante una buena temporada pensé que en Francia lo normal era que a partir de los catorce años las niñas fumaran.

El primer día en que saludé a Hélène recuerdo lo mucho que me chocó oír un idioma extranjero por primera vez. Aquel *bonjour* suave como la barriga de un gatito, seguido de una sonrisa cálida, bondadosa, tan ancha que le achicaba los ojos porque de alguna manera tenía que repartirse el espacio en su cara, me pareció como si hubiera salido el sol, como si hubiera presenciado al mismo arcángel Gabriel anunciando un buen día.

Hélène lucía un palmo de cicatriz vertical en medio del pecho. La habían operado a corazón abierto en el Hospital del Mar de Barcelona hacía un año, es lo primero que me contó. Y ya es bien raro porque, ahora que lo pienso, yo francés a los ocho años no sabía y ella catalán tampoco, pero nos pasábamos el verano hablando.

Uno de los veranos, cuando debíamos de tener diez años, mientras Hélène y yo hacíamos cabriolas por la playa más cercana donde nos dejaban ir a pie, pero que era una mierda porque solo había guijarros y rocas, vimos en un rincón escondido a Christine dándose el gran bistec con un chico alemán guapísimo que se alojaba en el camping. Recuerdo que aquello me impactó muchísimo porque yo a dos personas morreándose no las había visto nunca. Solo en algunas películas y con los padres al lado, eso tan incómodo, pero no en directo. Tuve la sensación de que Christine, que ya debía de tener quince años, estaba haciendo una cosa tan, tan de adulta que no podía ser sino peligrosa. Que estaba traspasando unas líneas que me parecían flagrantes. Hélène también estaba escandalizada pero más bien por el hecho de que en Toulouse —¿he dicho que eran de Toulouse?— tenía novio y ahora le estaba engañando. Ah, es decir, que aquello era normal y a mí me quedaban solo cinco años para hacerlo. Comprendí de golpe que en pocos años cambian muchas cosas y que ser la hermana pequeña es una ventaja a la hora de conocer la vida y lo que te espera en ella. Putada porque, en mi casa, la mayor era yo.

Cuando se acababa agosto venían mis padres a recogerme al chalet de mis abuelos, y como sabían de mi amistad con Hélène, siempre traían un brazo de gitano y una botella de cava y nos lo tomábamos en la terraza del chalet de los vecinos, como despedida hasta el verano siguiente, con esa cosa tan pesimista de ojalá que podamos volver a encontrarnos todos el año que viene.

Era una situación incomodísima, haceos cargo. Porque allí, las únicas personas que eran amigas o algo similar éramos Hélène y yo pero ni sus padres ni los míos, ni por supuesto Christine, tenían nada que ver los unos con los otros, ni habían hablado en todo el verano ni sabían nada de sus respectivas vidas.

Y además estaba el idioma. Mis padres, en teoría, hablaban francés, porque lo habían aprendido en el instituto, cuando todavía no se enseñaba inglés, sino que se enseñaba francés. Al parecer, cuando hablas un idioma bien, bastante, bastante bien, pero no es tu idioma —no hablo de un bilingüismo total, sería más bien un nivel Advanced o

Proficiency de inglés para nosotros—, retrocedes cuatro años mentales. Es decir, que yo, a día de hoy, hablando inglés no tendría treinta y dos años sino veintiocho en cuanto a madurez y elocuencia mental. Vale, mis padres, pongamos por caso que tenían un nivel de francés que los parapetaba a la elocuencia de un adolescente e imagino que para aquella familia (que, por otro lado, no olvidemos que hablaba desde la seguridad de mantener la lengua materna) debía de ser como conversar con unos desconocidos de la edad de su hija la fumadora, pero con alguna tara grave en la dicción, intentando debatir sobre los grandes temas del mundo.

Luego, durante el invierno, Hélène y yo nos escribíamos cartas. Cartas a lápiz en hojas de aquellas de color pastel perfumadas y con líneas, con los sobres a juego preparados para escribir cartas de amor infantil. En realidad, las escribía mi madre, en francés. Qué humillante, si lo pienso, porque yo no hubiera escrito nunca: «Querida Hélène, espero que estéis todos súper. Nosotros también gozamos de una magnífica salud, gracias a dios, y somos muy felices. Aquí no hace sol y calor como en verano. Ya tengo un año más y ahora voy al cole de los mayores. Gracias por la tarta que nos regalasteis, estaba buena. Un abrazo, te echo muchísimo de menos y te quiero». Aquella familia debía de esperar con ansia mi carta para descargar toda la risa acumulada del trimestre.

Un verano llegaron y a Hélène le habían crecido los pechos. No supe cómo reaccionar después de aquel *bonjour* esperado y dulcísimo otra vez y su sonrisa cálida como el mes en que nos visitaban. Ella me sonreía y yo le miraba el pechamen y pensaba que lo que ella salía ganando lo perdía yo. Hélène lo sabía y yo también, que ahora tenía unas tetas grandes y redondas y yo no. Y fue un verano extraño. Hélène ya no quiso jugar conmigo a las cartas, ni a tirarnos de bomba a la piscina ni a imaginarnos que teníamos un bar con los botes de detergente de mi abuela. Se pasó el verano hablando flojito con su hermana y con mi prima, que tenía tres años más que yo y aquel verano también había venido al chalet. Y a mí me pareció justo; justo, naturalmente, hablando en términos de la crueldad que representa la justicia de la naturaleza, porque yo no tenía pechos y no había hecho nada más que no tenerlos para merecer aquello. Y poco importó que aquel invierno hubiera aprendido a decir *cette année, tes lettres, c'est moi qui va les écrire, pas ma mère.*

Creo que fue entonces cuando empecé a querer ser adulta, hacerme mayor cuanto antes. Los niños eran mala gente. Al verano siguiente sí que tenía pechos, me crecieron a los trece y no veía el momento de que llegara agosto y volviera Hélène para poder enseñarle las tetas y decirle mira, ¿ahora qué? ¿Vamos a dar una vuelta en bici? Pero aquel verano el Renault Espace no llegó. Cuando pregunté a los dueños del chalet de al lado por qué no había venido la familia de franceses de todos los años me dijeron que «a partir de ahora nos queremos quedar nosotros en verano, ya no nos hace falta tanto dinero. Qué bien, ¿verdad?». Mierda.

Y me quedé aquel agosto allá con mis abuelos y mi nuevo par de pechos que no me servían para nada si no estaba Hélène, porque ahora no sabía qué hacer con aquellas tetas recién estrenadas, sin poder jugar a cartas ni a bares con botes de detergente y sin poder hablar flojito con otras niñas con tetas, como había visto que se hacía.

La primera época de charlas con Franziska duró hasta mis veintiún años. Hacíamos la terapia sentadas en el suelo, una a cada lado de la habitación formando una diagonal invisible entre las dos. En aquel espacio, no podíamos estar más lejos. Había una alfombra verde manzana sobre la cual nos sentábamos y teníamos un par de cojines grandes para cada una. Uno nos lo poníamos en el culo, y el otro yo me lo ponía encima de las piernas cruzadas como un indio porque siempre tenía frío. Ella se lo colocaba en la espalda.

También había pañuelos de papel que yo no usé nunca porque en todos mis años de terapia no lloré ni una vez.

Aquellos dos primeros años de psicoterapia con Franziska me sirvieron para entender que todo viene de los padres: la madre como modelo a seguir y el padre como referente a buscar, nos gusten o no, y siempre es todo culpa de los dos, pero queda como muy de *loser* culparlos a ellos cuando ya eres mayor, así que lo que tienes que hacer es entenderlo y superarlo para poder afrontar tu relación con la vida, con el mundo y con las futuras parejas. Además, qué es lo peor que puede pasar, qué es lo peor que puede pasar, esta frase todo el rato en bucle como un mantra hasta la exageración absurda y la risa. Es todo lo que aprendí en esos primeros dos años, que, ojo, no es poca cosa, y lo volvería a aprender hoy mismo.

Como si jugásemos al veo-veo, nuestras sesiones siempre empezaban con una especie de rezo: cómo-te-sientes-ahora, bien, qué-significa-bien y entonces yo vomitaba mi alegoría, incapaz de encontrar un término medio.

—Como si un torrente de agua muy fría me atravesara el pecho y me quebrara los pulmones. Como si la mirada se me volviera líquida y la voz de hielo, así me siento.

—¿Quieres decir que tienes miedo?

—Sí, exacto.

—¿De qué?

—Quiero dejar a mi novio y no sé si será la peor decisión de mi vida o la mejor —de los dieciséis a los veinte, me duró el primer novio; novio que tenía y no tenía a la vez, como un novio de Schrödinger, porque salíamos juntos y no salíamos juntos, un ahora-sí-ahora-no constante, en cuyo ahora-no aprovechábamos para catar bocas ajenas—. En función de lo que decida ahora tendré unos hijos u otros o no tendré. ¿No lo entiendes? —me daba rabia la forma en que se le ensanchaba a ella aquella sonrisa irónica a medida que iba creciendo mi grandilocuencia—. Habrá, en un futuro, unas determinadas personas u otras dando tumbos por el mundo. Y si le dejo y me arrepiento, ¿qué? Pero si no le dejo no me libraré ni un solo día de pensar en dejarle. Ojalá me deje él a mí.

—Tenemos que ir al origen. Háblame de tu padre.

—Cuando tenía trece años mis padres se separaron y mi padre se fue a vivir con otra mujer. De un día para otro. Se cambió de familia, así lo recuerdo. Sé que no fue así, pero yo lo viví así. Ahora sé que las parejas se separan y que las personas se enamoran de otras personas y no es una cosa contra nadie. Y mucho menos en contra de los hijos. Pero en aquel momento lo viví de un modo exagerado y grandilocuente, como viven las cosas los adolescentes, supongo. Recuerdo llegar un día a casa y encontrar a mi madre enrabietada, que no es su carácter habitual, un poco fuera de sí. Vino hacia mí, me cogió del brazo, me miró a los ojos y me dijo: haz lo que quieras en la vida, pero no dependas nunca de un hombre.

—¿Qué sentiste cuando se separaron, Gina?

—Vergüenza, autocompasión, responsabilidad.

—¿Vergüenza? Cuéntame más.

—Ya ves tú, ahora lo pienso y es ridículo, pero en esos momentos recuerdo que le decía a mi madre: ¿pero adónde quieres que vayamos? ¿Adónde vamos a ir Lali, tú y yo solas? Todo el pueblo lo sabía. A mí se me ponían los carrillos rojos y todo solo de pensarlo. Le decía, le decía: ni de coña me pienso sentar en un restaurante las tres solas, tan normales, como si nada. Sí, claro. Y que todos nos señalen. Y que digan cosas como mira estas, cómo serán que el padre las ha abandonado. Y con qué cara iba a ir yo ahora al instituto cada lunes. Mis amigas tenían unos problemas muy distintos a los míos, si es que el que no te quede bien la ropa puede considerarse un problema. Y me decían últimamente estás muy antipática, Gina, y nosotras no te hemos hecho nada, eh. Y lo estaba, sí. Y me moría de vergüenza cada vez que tenía que hablar con algún chico del instituto, porque claro, si no me quería ni él, quién me iba a querer, pensaba.

¡Y claro que me quería mi padre! Pero yo en ese momento pensaba que si aquella mujer a quien yo entonces no conseguía encontrarle ninguna virtud había merecido toda la atención de mi padre, ¿qué podía hacer yo para recuperarla? Nada. Nada más que asumir la responsabilidad, quiero decir, del momento y de la situación, y alejarme un poco más del mundo que conocía hasta entonces. Yo era la mayor, y mi madre, como si se la hubiera tragado un pozo sin agua, como si se hubiera ido a divagar por galaxias extranjeras, orbitando otros soles que no calentaban y no daban luz. Todo esto me pasaba por la cabeza. No sé si me explico.

—Lo entiendo. ¿Fue la primera gran derrota?
—Sin duda.
—¿Ahora qué, los hombres?
—No puedo soportar que griten. Evito a toda costa las discusiones. Pero si no tienen carácter no me interesan en absoluto.
—¿No te afirmas, entonces, con los hombres?
—No lo creo, no. ¿Tú qué opinas?
—¿Te tocas?
—¿Eh, sí? Sí —vacilé, me sonrojé. Pero intenté responder aparentando normalidad para hacerme más madura de lo que era. Nunca nadie me había preguntado eso. En mi imaginario, pensaba que estas preguntas no se hacían. Tampoco podía anticipar entonces que la vida me tendría preparadas preguntas más incómodas todavía.
—¿Por encima o por debajo de las bragas? —aquí ya se me notó la incomodidad de postadolescente y se me escapó una risa nerviosa.
—¿Es eso importante?
—No lo sabes bien.

Aquella primera época en que estuve viendo a Franziska vino marcada por algo que me dio con un chico, a medio camino entre el enamoramiento y la obsesión, que hacía tiempo que arrastraba, desde mis primeros años de adolescencia, antes ya de mi primer novio, y que ocupaba gran parte de nuestras conversaciones. Un día le enseñé una foto y por primera vez vi a Franziska emocionada. «¡Tiene rasgos psicóticos!», estalló, con una sonrisa larga y brillante a continuación. No diría tanto, contesté yo, pero claro, la experta era ella.

Yo no me enamoro normal. No me pasa a menudo pero, cuando es que sí, me enamoro mucho. No me enamoro como uno puede decir me he enamorado de un libro o de tal obra de teatro o de tal cantante, no. Yo cuando me enamoro soy capaz de enfermar. Un día Franziska, que había detectado que el amor me estaba empezando a debilitar, me dijo: «Gina, ¿y si lo que ves es lo único que hay? ¿Y si esta persona no te puede ofrecer nada más de lo que ya conoces? ¿No crees que te estás enganchando esperando a descubrir algo más de él? Pero ¿y si lo que ves ahora ya es todo lo que hay?», insistió. A pesar de la inquietud que desprendían sus palabras, yo me detuve en un concepto paralelo, diría que mucho más primario y hasta incluso más perturbador: ¿y si yo no puedo ofrecer nada más? Y esta pregunta me perseguiría desde entonces y me colocaría siempre justo por debajo de mi interlocutor, en caso de que fuera alguien que despertara mi interés. Esta pregunta puso palabras a mi inseguridad por los siglos de los siglos.

Roger me había gustado desde el primer día que lo vi por los pasillos del instituto. Me había llamado la atención al instante: estaba muy serio, no hablaba con ninguno de los chicos que caminaban con él, tenía una belleza antigua, clásica.

Era blanco, casi pálido, y sus ojos azules como la eternidad de los océanos no decían nada.

Llevaba tupé pero él no lo sabía. Era mayor que yo, tres años. Por lo tanto, quería decir que solo me quedaban tres para llamarle la atención, antes de que él se fuera a la universidad, momento en que yo suponía que me iba a morir de pena. Me quedarían todavía tres años más de deambular por los pasillos del instituto sin la posibilidad de cruzármelo y contemplar aquella belleza extraña que nadie más parecía apreciar, porque él era de esos que, entre una multitud, conseguían pasar inadvertidos. Igual que yo.

Mi táctica para conquistarlo era segura pero lenta. Consistió en escribir con lápiz en una mesa de un aula que me constaba que compartíamos la siguiente inscripción: «Garrigós, guapo», para que ya se fuera haciendo a la idea de que había alguien que también iba a aquella aula arrinconada que lo encontraba guapo, si es que él, por remota casualidad, se sentaba en aquella misma mesa o quien se sentara encontraba oportuno informarle, seguramente con cierta sorna, como todo lo que se hace en estas edades tan cabronas.

Lo único que sabía de él era que le gustaba jugar a rol y que tocaba el saxo. Todo esto me lo contó una chica de mi clase cuyo hermano mayor era uno de los pocos amigos que tenía Roger. Mi estrategia, sin embargo, no acababa ahí, no os penséis. Durante un curso entero, cada vez que nos cruzábamos por el pasillo yo me quedaba plantada, muy seria, mirándole fijamente. Él detectaba mi mirada clavada en su cara a modo de rayo láser y, como si hubiera visto una aparición fantasmagórica, me miraba asustado medio segundo y bajaba rápidamente la vista. Pero ya era parte del plan: ahora él sabía que yo existía. Así durante todo el primer curso.

En segundo quise ir un poco más allá y, a mi mirada clavada en medio del pasillo, añadí un sutil movimiento de cejas. La primera vez se asustó tanto que dio un saltito y todo —supongo que no se esperaba acción en mi rostro después de un año—, pero la segunda vez me devolvió el movimiento de cejas. Y desde entonces ya nos saludábamos así por el instituto. Era fantástico, ahora teníamos un código secreto. Además, vivía justo enfrente de la parada del bus que me llevaba hasta Amposta, que es donde íbamos al instituto.

Y a veces coincidíamos, él por una acera, yo por la de enfrente, movimiento de cejas de lado a lado de la calle y hale, a caminar solos y callados pero juntos al fin y al cabo, ¿no?

En tercero por fin me decidí a dar el paso definitivo y acercarme a hablar con él. Había estado planeándolo todo el verano. Tenía la conversación ensayada, la primera frase que le diría y la entonación con que la diría grabadas en el cerebro: «Hey, ¿nos conocemos?». (Pensaba levantar un poco las cejas mientras se lo decía, para que hiciera la asociación rápidamente.) La mierda es que él decidió dar el paso antes, y con otra. Se había echado novia. Y aún peor: la novia era mayor, no solo que yo, sino mayor que él. Ni siquiera iba al instituto. Como mínimo, tenía veintidós dos años. Para mí, que tenía catorce y llevaba dos picando piedra, aquello era humillante de verdad. A él, con diecisiete años, le llevaba a clase la novia en coche y a mí, con catorce, nunca me habían besado.

Así que cambié un poco el código no verbal para que se diera cuenta de que me había hecho el corazón pedacitos y había guardado los restos en una bolsa de plástico que había tirado a la basura delante del instituto, aquel chico al que no le conocía ni la voz, Roger Garrigós, al que le gustaban las chicas más mayores. Ya hubiera podido ponerse una camiseta donde lo anunciara el primer día, a él que tanto le gustaban las camisetas con mensajes *supergeeks*: «*I like older girls, don't you dare*». Alguna pista así me habría venido bien. La estrategia que decidí entonces fue la de reducir todavía más mi saludo mínimo de manera que, cuando tenía las cejas hacia arriba como para saludarlo, las bajaba muy rápidamente y volvía la vista al suelo, como queriendo decir: «Ah, ¿te pensabas que te iba a saludar con nuestro código secreto, eh? ¡Pues mira, no!».

Continué enamorada de él, y un poco de todos los que me recordaban a él, el resto de ese curso y, no os voy a engañar, me vino bien que se fuera a estudiar a la universidad el curso siguiente para así quitármelo de la cabeza un poco. Un poco. Como para tomar aire. Hasta que, en un giro inesperado de los acontecimientos, decidí, a mis diecisiete años, empezar a trabajar para poder sacarme el carnet de conducir tan pronto cumpliera los dieciocho. Aún me daba rabia aquella mujer, yo entonces la veía como una mujer mayor, que llevaba a mi Roger en coche a clase. Así que decidí dedicar los fines de semana a hacer de camarera en un bar frecuentado por divorciados en La Ràpita, en negro y de noche. Antes esto en los pueblos se podía hacer. Ahora no. Y adivinad quién estaba allí haciendo de dj. ¡Mi querido Roger Garrigós! Se había cortado el pelo y ya no llevaba tupé, y era algo menos tímido, a juzgar por el «hey, hola» que soltó, contento de verme.

Poco después ya estábamos besándonos por las esquinas de aquel pueblo, bien entrada la noche, cuando salíamos de trabajar. El enamoramiento que había sentido durante toda la adolescencia se reavivó tras probarle la piel dulce, suave como nunca imaginé que podía tener la piel un hombre. Roger era delicado y besaba muy bien con su boca roja y carnosa y lenta. Nos besábamos por las noches a escondidas por los portales y él siempre me decía: no se lo digas a nadie, ¿vale? Es que tengo novia.

Sobre todo, no te masturbes pensando en él, ¿me has oído bien, Gina? Yo me moría de vergüenza cuando Franziska me salía con esto. Que se crea un vínculo emocional y si tú le quieres y él a ti no te destrozará. Tú tócate, me decía con su mirada alemana incipiente, y tócate por debajo de las bragas, que es importante, pero pensando en él, no. Lo has hecho ya, seguro, ¿verdad? Y yo me moría de vergüenza.

Estuvimos cuatro años más besándonos a escondidas por aquel pueblo de manera intermitente. Roger frecuentaba también, a rachas, mi piso de la Vila, ya en la universidad, donde me dejaba abrazarlo por la noche y acariciarle el pelo, que era su punto erógeno. Y me hacía reír, porque tenía un humor que a mí me parecía inteligentísimo. Tan tímido como era, cuando reía no quería enseñar los dientes y tensaba los labios y a mí sus dientes me parecían preciosísimos como todo él.

A veces, le pillaba mirándome de reojo, que yo le decía mírame de frente que hay confianza, pero nada. Y algunas veces podíamos llegar a irnos de la cola del cine para comprobar que había cerrado con llave la puerta de su piso de estudiantes y sí que la había cerrado. Y se preparaba cada domingo por la noche la ropa que se pondría cada día de la semana y se pesaba los gramos de pasta y de arroz y dividía a la perfección un 25% de verduras, un 50% de carbohidratos y un 25% de proteínas cuando iba a hacer la compra en el súper. Hablábamos básicamente de música, que él lo sabía todo y yo aprendí mucho, y de cosas raras que nos hacían reír a los dos.

Lo que yo no podía imaginar cuando le contaba a Franziska nuestro primer encuentro entre sábanas es que él me acabaría diciendo un día como cualquier otro, después de haber hecho el amor, estoy muy enamorado de ti, no sé qué hacer, y que sería yo quien acabaría devolviéndole el corazón roto en pedacitos dentro de una bolsa de plástico.

Tres

Diciembre de 2016

Querida Elizabeth:
Continúo escribiéndote sin acabar de enviar esta carta. Me gustaría poder cerrarla con la buena noticia del embarazo. Te lo digo ahora que ya llevo tres intentos fallidos. Incluso es posible que al final me acabes conociendo de verdad.

Primero pensaba que quería que el hijo nos naciera en enero, como yo. Siempre me ha parecido que con las otras personas nacidas en enero me entendía. Será cosa mía, pero yo pensaba esto de nada más nacer y respirar frío te hacía una persona distante y reflexiva, gente que ya me gustaba, aunque quizá lo que nos une a todos los nacidos justo después de Navidad no es tanto el frío de bienvenida o los astros (hay quien lo defiende) como el hecho de que siempre recibimos menos regalos que el resto.

Entonces piensas que el mejor regalo de la justicia divina sería quedarte embarazada en Navidad, ¿verdad? Pues, mira, tampoco. ¿Sabes por qué? Porque las divinidades no existen, los astros no te hacen creativo ni amable y la justicia es algo que nos hemos tenido que inventar los humanos y, aun así, demasiadas veces, no es posible encontrarla por ninguna parte.

Un beso,
Gina

—¿Cómo te sientes hoy?
—Bien.
—¿Qué significa bien?
—Como si hubiera sacado la mejor nota de la historia en el último examen de carrera y el decano en persona me hubiera felicitado en público.
—¿Quieres decir feliz?
—Vengo emocionada. Ha sido el mejor viaje de mi vida.

Mis veinte años y yo acabábamos de pasar un mes solos por París. El mes de julio, concretamente. Y eso que en ese viaje me atracaron por primera vez. Me obligaron a darles todo el dinero que llevaba en el monedero mientras me amenazaban con una botella de Ballantine's rota, en la puerta de una lavandería. Pobres, si hubieran sabido que solo llevaba cinco euros quizá se hubieran ahorrado el numerito. Cuando les pregunté por qué me robaban me dijeron que para pillar costo. Y yo les respondí, en un francés de cría de P3, que vale, pues que eso se habla, no hay que ponerse violentos, como la buena señora diplomática que ya era.

—En todo caso—, le expliqué a mi psicoterapeuta—, ha sido como una peli. Como *Amélie*. ¿La has visto? A mí me encanta —sí, a los veinte años era así de petarda, de esas a las que les impactó *Amélie* y luego querían ir a dar vueltas por Montmartre con cara de no haber salido nunca del pueblo y no haber comido nada en cuatro días—. Conocí a un chico, se llamaba Sigfrido y era pintor. Llevaba un turbante en la cabeza, pero era francés, de París, lo que pasa es que el turbante lo llevaba porque era un bohemio. Un turbante naranja, y unos pantalones a juego así hippies, de los que se atan con un cordón. Nos fuimos cruzando de calle en calle, parecía que nos serpenteáramos los trazos y al final me esperaba sentado en una plaza pequeña y preciosa, la Place Émile-Goudeau, donde está el Bateau-Lavoir, ¿sabes? Allí donde vivieron Picasso y más artistas, ¿sabes? Da igual, no podía ser más de peli. Me llevó hasta un jardín prohibido porque decía que me quería dibujar, nos colamos por un agujero de la reja. Dentro había todo tipo de flores que olían muy bien y plantas altas y un molinillo al que se accedía subiendo unas escaleras de madera, y desde el que se veían los tejados, como los típicos que salen en las películas de Montmartre.

—¿Te forzó a hacer algo? ¿Decidiste tú en todo momento qué querías hacer con ese chico?

—Forzarme, no me forzó... pero decidir, tampoco decidí yo nada, la verdad —contesté como mareada y todo de lo que llegué a dudar de mí—. Me decía *tu es si belle, tu es si belle* todo el rato —ella negaba con la cabeza y con una sonrisa dolorosa en los labios bien apretados: como queriendo decir qué poco sabéis de la vida, criaturas, y yo, que siempre me he ofendido profundamente cuando me han tratado de inocente o irresponsable, ahora lo entiendo.

Consciente de que hacía seis años que le debía una carta, en aquel viaje a París me llevé el papel arrugado y amarillento donde estaba apuntada la dirección de Elizabeth, sin tener demasiado claro para qué. Supongo que porque en el fondo no sé dejar atrás del todo las historias sin final. Y creo que Elizabeth me había plantado una semilla que no hacía más que germinar sin terminar de florecer. Así que una mañana de aquel julio francés, arrebato y yo nos plantamos delante del número 13 de la Rue Pradier. Me quedé mirando los timbres pero no aparecían los nombres. Antes de tocar, entré, no fuera a ser, a tomar un café al bar que había más cerca, que ojalá hubiera sido la típica cafetería monísima y rococó parisina con música de violines pero no: era un bar que podía perfectamente ser uno de esos bares broncos que parecen almacenes que hay repartidos por diversos pueblos del Delta del Ebro. Nadie allí, sentado o trabajando, me recordó ni remotamente a Elizabeth. Mi francés, que nunca había sido bueno, estaba entonces especialmente oxidado y me lancé a la piscina con un *excusez-moi, est-ce que vous connaissez une femme qui s'appelle Elizabeth?*, consciente de que mi acento era más catalán que el pan con tomate. El imbécil del camarero llamó a la versión francesa de lo que aquí conocemos como unos parroquianos y les soltó algo que querría decir algo así como venid, que esta niña dice que si conocemos a alguna Elizabeth. Yo conozco a cinco; tú, Christopher, ¿a cuántas conoces? Luego entendí la broma, le interrumpí con un... *qui habite ici dans cette rue, elle a les cheveux blancs.* Pero se rio: *Pardon, pouvez-vous répéter?* Otra vez. Me sentía como un chiquillo de ocho años que está aprendiendo a pronunciar bien la segunda lengua en la escuela delante de toda la clase. *C'est combien le café?* Hala, ten, confítate los tres euros y vete al carajo.

Fui entonces, con la seguridad que da la mala leche, a tocar el timbre sin miramientos. Me contestó una voz de mujer que me pareció muy mayor y muy lejana. Yo grité: «¿Elizabeth?». Dos veces, tres, porque del otro lado no entendía qué me decían. *Je suis Gina, Elizabeth?* Y colgó el interfono. Me esperé, no fuera que hubiera decidido bajar a ver quién llamaba. Pero después de media hora en el escalón de la entrada me levanté y empecé a caminar de la mano de la idea de no verla nunca más.

Durante ese mes me estaba quedando a dormir y a ducharme en casa de un amigo de un amigo que había conocido en la Vila Universitaria y que también se estaba quedando allí gratis. La situación era bastante esperpéntica porque el amigo del amigo —no recuerdo cómo se llamaba— debía de rondar los treinta años y medía casi dos metros y mi conocido de la Vila, Damien, que me había dicho ven y quédate en casa de un amigo mío *qui est très sympa* y hay sitio de sobra, tenía veinticinco y una espalda como un estibador. Pues bien, el amigo del amigo ni era *très sympa* ni en su casa había espacio de sobra, porque aquello era un estudio diáfano de veinte metros cuadrados y lo que pasó es que ellos dos compartían la cama de matrimonio y yo dormía en el suelo enmoquetado, a sus pies, a modo de mascota, encima de unos cojines cuadrados y planos que yo ya daba por buenos.

Cuando tuve recorrida toda la ciudad cogí un tren hacia la Bretaña francesa, a un festival de música. Quizá habría tenido que informarme de cuántos kilómetros había de un lugar a otro, pero mirad, entonces no había móviles con tres ge ni Google Maps y qué sé yo. Estaba por espabilar todavía. En total fueron siete horas y media de trayecto. Fui porque tocaba mi grupo preferido entonces, Placebo. Me pareció una idea fabulosa para terminar el viaje. No tenía dónde dormir y me importaba un comino. Se me acopló un exguerrillero colombiano que me pidió matrimonio diez veces y no conseguía quitármelo de encima, así que me tocó pedir ayuda a un grupo de colgados que tenían un puesto de pulseritas hechas de hilos de coser y olían a pachulí para ahuyentarlo. Aquellos tipos iban tan fumados que creo que si les hubiera pedido ayuda para aniquilar a Kim Jong-il (entonces aún no se había muerto) también habrían aceptado. Para la posterior tranquilidad de mi madre, los hippies de las pulseras me dejaron quedarme a dormir en su tienda y al día siguiente deshice el camino hasta París para coger un vuelo de regreso a Barcelona. El olor de pachulí me acompañó hasta Sant Carles de la Ràpita y se quedó todavía toda la primera semana de agosto.

—¿Qué has aprendido? —Franziska siempre me hacía sacar alguna conclusión de todo.

—Que me encanta viajar sola, lo acabo de descubrir. Que no te conoce nadie, y no tienes que hacer lo que quieren los demás, no tienes que dar explicaciones. Sentí una libertad total. Creo que irse sola de viaje es algo que se debería enseñar en el instituto, hacerlo obligatorio como asignatura troncal. Es una manera brutal de ser tú. Diría que he aprendido que siempre, cuando esté perdida en la vida, volveré a viajar sola, sin mapas ni billete de vuelta.

En aquella época, para terminar la sesión, Franziska me hacía estar cinco minutos exactos, que ella misma cronometraba, con los ojos cerrados. Debo decir que a mí me cuesta mucho cerrar los ojos ante alguien, como guiada por alguna especie de instinto de supervivencia, no vaya a ser que el otro decida aniquilarme. Quiero decir que al principio le costó que yo no fuese abriendo uno de los dos ojos para comprobar que ella no estuviera cada vez más cerca, con el brazo cada vez más alzado y un arma blanca en la mano.

—Y luego, cuando yo te avise, me dirás qué es la vida. Piénsalo.

Franziska me estimulaba el cerebro. No tengo muy claro si me ponía a prueba o solo lo hacía con ánimo recopilatorio o por simple diversión. A saber si no estaba escribiendo un libro con las mejores respuestas de cada paciente. Yo, que todo me lo tomo muy en serio, os podéis imaginar que en esta parte de la sesión lo daba todo y le contestaba cosas tipo:

—La vida es un espacio-tiempo en el que llevar a cabo los actos que nos han despertado interés. La vida es todo el espacio para ser.

Como ese mes de aventuras en un lugar nuevo y tan precioso como París se me había hecho corto, decidí que tenía que regresar lo antes posible. Aunque fuera de Erasmus. Así que al cabo de cinco meses ya me estaba despidiendo de aquella burbuja que se llamaba Vila Universitaria, donde cada noche comíamos verdura o ensalada para cenar menos los jueves, que tocaba pizza del súper y croquetas congeladas con una botellita de Lambrusco, y de mis conversaciones con Franziska.

—¿Cómo te sientes hoy?
—Bien.
—¿Qué significa bien?
—Como si me estuvieran saliendo alas aquí justo debajo del omóplato, como si el futuro viniera hacia mí en un ferrocarril a toda velocidad y yo estuviera preparadísima para tomarlo al vuelo. Me voy unos meses, Franziska, tendremos que ir terminando esto nuestro.
—Eso lo decidiré yo, si te puedes ir, si estamos al final de nuestra terapia o no —y yo me la quedé mirando muy muy seria, descolocadísima, hasta que se empezó a partir la caja. Humor alemán, lo llaman. O poca-sustancia, como decimos en el Delta.

Lo primero que conocí de París en la época del Erasmus fue a una andaluza de Almería. Más concretamente, era de Venta del Pobre, un pueblecito austero y sin mar que pertenecía a Níjar. Era cuando empezábamos a utilizar internet en la facultad y, de entre los primeros correos electrónicos que recuerdo haber recibido en la vida, había uno de una tal Lucía, que había visto en no sé qué lista colgada en no sé qué web precaria que yo me iba de Erasmus a la misma facultad de letras de París donde iba a ir ella, y que podíamos quedar al llegar para «hacer el Erasmus juntas». Mierda, porque yo no era tan maleducada como para no contestar, pero ganas de «hacer el Erasmus juntas» con una andaluza no tenía ninguna. Que yo me iba por el placer de no conocer a nadie y no para hablar en castellano.

Pero Lucía o bien no captó mis intenciones en el mail que le respondí o si las captó se las pasó por el forro porque no desistió, a pesar de mi frialdad al presentarme, a pesar de mi impertinencia a la hora de responder preguntas obvias, a pesar de que lo primero que le dije cuando la vi en persona fue dónde vas con un abrigo naranja fluorescente hasta los pies y ese pelo de champiñón.

Lo que pasó es que Lucía, lejos de odiarme (que habría sido la reacción normal de cualquier persona sensata), se echó a reír y me dio la razón. Mira, necesito ayuda, soy un desastre y yo no voy a sobrevivir aquí sin ti, y eso que ni siquiera te conozco de nada, pero ya lo sé seguro. Creo que lo primero que aprendí al conocerla, y es un aprendizaje que todavía hoy defiendo, es que no te puedes enfadar con alguien que te hace reír. Es físicamente imposible, contradictorio, como un oxímoron. Y me atrevería a decir que los meses en compañía de Lucía por París fueron los meses en que más me he reído de toda mi vida.

Todo en ella tomaba rápidamente un aire de tragicomedia: cualquier cosa podía pasar en cualquier momento. Me recordaba a veces a un guion de Almodóvar. Y no os penséis, no era de esas locas que se buscan las consecuencias de sus actos, no. Esa más bien sería yo. Ella siempre quería evitar situaciones desgraciadas, pero tenía una manera de ir por la vida que me cuesta explicar si no es con ejemplos o con nuestra autóctona expresión «con los cojones en las manos».

Para que me entendáis: no sabía decir ni *café au lait* en francés. Tenía cinco dioptrías de miopía en cada ojo y astigmatismo en el izquierdo, y al cuarto día de estar en París se sentó sin querer sobre las gafas de culo de vaso y las rompió. No tenía dinero para hacerse unas nuevas y se pasó los cinco meses del Erasmus sin ver tres en un burro, que hacia el último mes ya le patinaba el ojo un poco hacia arriba y todo. Básicamente, a nivel visual daba lo mismo que estuviera en París que en Puente Tocinos, Murcia, porque total, para lo que vio.

No os penséis, ella y yo teníamos bastantes cosas en común. Por ejemplo, a Lucía también le pasaba eso tan catalán de no hacer de vientre si no estás en tu casa. Lo que pasa es que yo al cabo de una semana me solté y ella no. A los quince días tuve que acompañarla a un médico privado y hacerle de intérprete. *Il y a quinze jours qu'elle ne va pas à la selle.* Y el médico se gira hacia ella, supongo que preguntándose si es que, aparte de no hacer de vientre, también era muda o justita, la pobre. Lucía, muy seria y de color amarillo, asintió con la cabeza. Y yo, lo siento mucho, pero no pude más. Me doblé de risa allí mismo. Un ataque brutal e incontrolable al que ella rápidamente se unió y al que también se añadió el médico, porque era o reírse con nosotras o avisar a la Gendarmerie.

A ver, que yo ya llevaba risa acumulada. Una especie de risapena. Porque para poder pagar al médico privado que le recetara un desatascador urgente, primero habíamos intentado vender ropa al peso en una tienda de segunda mano. Lucía pensó que era buena idea vender toda la ropa que decía que no le gustaba. («Yo tengo que volver renovada de aquí, Gina.») Como siempre, yo entré delante y solté la explicación con mi francés precario, cuya traducción sería algo así como «esta joven tiene ropa para vender». Hice un gesto a Lucía como queriendo decir venga, vierte la ropa. Lucía consecuentemente vertió la ropa, que llevaba en una bolsa de basura azul, sobre el mostrador y se quitó el abrigo naranja porque acababa de decidir que, ya que estábamos, se lo endosaba también. La señora de la tienda nos miró como si fuésemos dos anormales lamentables, medio con asco medio con pena, arrugó el morro y me miró a mí —entiendo que como representante legal— para decirme que no con la cabeza. Entonces yo le hice otro gesto a Lucía como queriendo decir recógelo que nos vamos de aquí echando virutas. Y tuve que tragar saliva varias veces y apretar los labios fuerte para no dejar salir aquella risa inundada por el ridículo y el absurdo en medio de la tienda de *antiquités*.

Cada día, cada día de los cinco meses que nos pasamos juntas dando tumbos por París, pasaba una situación que hice bien en anotarme en una libreta a modo de documentación valiosa para las próximas sociedades que habiten el planeta. Un día me llama para que vaya a su casa, que no se encuentra demasiado fina. Ya habíamos buscado estudios que no estuvieran muy lejos el uno del otro, solo eran veinte minutitos a pie. Cuando llegué me dijo: «Es que tengo una fístula que a veces me molesta, y allí en Venta del Pobre voy con mi madre que trabaja en un ambulatorio en Campohermoso y me la drenan un poco y ya está, pero aquí no puedo ir a curármela, y lo que he hecho es hervir un cuchillo y abrírmela yo. ¿Me puedes mirar si llevo la gasa bien puesta? Perdona, eh, pero de todo París contigo es con quien más confianza tengo para pedirle que me mire el culo». Virgen del amor hermoso. No he conocido nunca a nadie que se haya abierto él mismo una fístula con un cuchillo de cocina. Ni siquiera con un bisturí. Ni siquiera a nadie que conozca a nadie que lo haya hecho. A partir de ese día la miré con una especie de admiración horripilada. Como muy consciente de que, si se diera el caso de que algún día tuviera que clavar un puñal a alguien para defendernos, mi amiga lo haría.

Luego le dio con que era fea. No sé cómo serían en su pueblo pero yo tuve la sensación de que ella lo había descubierto en París, por contraste. A mí fea no me parecía. Lo que sí pensaba es que aparentaba más años de los que tenía, pero fea no. Aunque a saber, que yo de belleza entendía poco, tampoco es que yo brillara por mi estilo, precisamente, que la ropa que llevaba por París me la había comprado toda en Amposta o, como mucho, en Tortosa, que tenían un Mango, y el único espejo que había en el estudio donde vivía debía de tener cinco por cinco centímetros. De hecho, yo fea también me veía desde pequeñita, desde que me lo dijeron una mañana en el patio del cole y me lo creí.

Un día Lucía me tocó el timbre al 38 de la Rue des Haies, distrito veinte. Abre, que he tenido una idea. Ay, madre.

Que le cortara el pelo *à la garçonne*. Ah, ni de coña, yo no sé cortar el pelo, te haré una chapuza. (En qué momento le había dicho que llevaba pelo de champiñón.) Gina, que tengo veintidós años y parezco tu madre. Y peor de lo que voy ahora no me vas a dejar. También era verdad. Entonces descubrí que no se me daba del todo mal cortar el pelo, y además me gustaba. Lo hicimos cada semana a partir de entonces, para conservarle el largo y sobre todo porque se creaba un clima especial. Le hice un corte de los que se llevaban entonces por la Vila Universitaria: el peinado borroka, muy corto por arriba pero un poquito más largo en la nuca, y ella estaba encantada, le dije que ahora se parecía a Bebe, la cantante aquella, y sonrió: al volver seré la más moderna de mi pueblo pero por mucho.

Me hizo ilusión descubrir que habíamos inventado un espacio donde cabían nuevas formas de amistad, porque mientras le cortaba el pelo hablábamos de temas serios, que era algo que no habíamos hecho, nos habíamos centrado más en la chorrada, aprovechando que se nos daba tan bien. Visto desde ahora, creo que lo que me hacía ilusión era haber descubierto la certeza de que, en cualquier momento, podía brotar un nuevo espacio precioso para el amoramistad como si fuera una seta. Tantos tipos de amor como personas se te cruzan en la vida. Como si cada cual tuviera una patente para cada relación que establece con el otro.

Me di cuenta de que se crea una distancia muy íntima cortándole el pelo a una persona: le tocas la cabeza, la coges de la barbilla, le acaricias el pelo, las mejillas y la miras solo en busca de la belleza y la simetría. En una de esas conversaciones me dijo que no tendría hijos. Que no es que no quisiera tenerlos, lo que no quería era conformarse con cualquier hombre para ello. Que yo ya sé que Brad Pitt no va a caer rendido de un flechazo al verme, me dijo. Que soy virgen aún, Gina. Y que los hombres son tontos, al menos todos los que están a mi alcance. No me voy a juntar con un tonto solo para ser madre. Veo a las mujeres del pueblo y me dan pena. Y pensé que lo que decía Lucía era muy maduro y muy sensato y muy triste. No hace falta un hombre hoy para tener un hijo, le repliqué. Y me dijo pero dinero, sí. Ese es otro tema. Quizá algún día te enamores de alguien que también se enamore de ti y entonces todo irá solo. Ya lo hablaremos dentro de unos años, pero ya te digo ahora que voy camino de ser una cuarentona soltera y feliz, ¿vale? Vale.

Un día aproveché para hacer una de las cosas que más me gustaba hacer: irme sola a un bar, pedir cualquier cosa para beber y esperar a que me pasara algo. En París lo hacía siempre que podía (siempre que Lucía no quería quedar), porque tenía la sensación de que si no me pasaban cosas todo el rato estaba desperdiciando la vida. Normalmente iba a los barrios más bonitos y más de moda, Le Marais o Montmartre, porque tenía la impresión de que allí tenía que estar la gente más interesante, pero ese día me dio pereza y bajé al bar que tenía más cerca de casa, donde aún no había entrado nunca, por cierto. Le Gouleyant, se llamaba. Me pedí una *bière pression* y me quedé sentada en la barra. En aquella época no había internet en los móviles y lo único que tenía para distraerme era una libreta donde apuntaba todo lo que me pasaba por la cabeza, y un libro, recuerdo que estaba leyendo la poesía de Bukowski, en lo que a mi breve bagaje y a mí nos parecía que era el mayor descubrimiento de la historia de la literatura.

Entonces pasó una de esas cosas que solo pasan en las pelis: vi entrar a una mujer de unos treinta y muchos, con el pelo corto justo por debajo de la oreja y teñido de plateado. Llevaba un sombrero rojo que era más bien una boina y un abrigo de lana oscuro, un bolso grande que daba la impresión de pesar y un paraguas, aunque no llovía. Era tan alta como yo, llevaba unos vaqueros negros ceñidos y una blusa ocre un poco abierta por el escote. Era Elizabeth, no tenía ninguna duda. Abrí los ojos como queriendo decir mírame y reconóceme. La mujer se acercó a la barra, cerca de donde estaba yo —que continuaba mirándola, muy probablemente con aires de psicópata—, y pidió una copa de vino *rosé*. ¿Rosado?, pensé mientras intentaba relajar las facciones para dar menos miedo. Antes de acercarme y pronunciar el nombre que me seguía pareciendo tan precioso, escribí en la libreta que a veces es demasiado tarde cuando te das cuenta de que lo que has estado buscando lo tenías justo delante de las narices, y otras veces no. Ella levantó la cabeza del diario que hojeaba:

—*Je suis Gina, tu te rappelles de moi?* Conocía a tu madre.

—*Mon dieu, tu n'es plus une petite fille, toi!* —tenía la voz suave, tranquila, nada estridente y un poco grave, parecía haber olvidado el catalán un poco más, por eso le dije que me podía hablar en francés. Que ya me gustaba. Me enamoro, lo tengo que confesar, también por el acento y el tono de voz de las personas.

Le expliqué que hacía unos meses había ido a la dirección que me había dado pero no la había encontrado. Que se había mudado, claro. Ahora vivía a cuatro manzanas de allí, más cerca de su trabajo. Trabajaba en una librería. No era suya, pero como si lo fuera, me dijo, era de una mujer mayor que se llamaba Gladys y que no tenía familia, que era como su madre. Y oír eso me hizo un poco de daño y me dio un poco de gusto, porque yo conocí a su madre y no se llamaba Gladys. Pero me gustaba saber que había una señora que le hacía de madre. Elizabeth llevaba los labios pintados de rojo pero no llevaba más maquillaje, lo que me extrañó. Cuanto más me hablaba más me hubiera gustado ser ella, o haberme quedado a vivir con ella, o haberme casado con ella. No lo tenía claro. No sabía qué era exactamente lo que me fascinaba ahora y que ya hacía años que me fascinaba de aquella mujer, a pesar de haberla visto solo una vez. Era soltera, vivía sola y no tenía hijos. Leía mucho, me dijo, con esto y unos pocos buenos amigos me basta. No necesitas mucho más para vivir tranquila. Cuanto más pomposidad des a la vida, más se te puede complicar. Y los problemas ya vienen solos. Mi hermano sí ha tenido hijos, dos niños, viven los cuatro en Aubergenville. Y a mí me hizo reír un poco porque me pareció que el nombre de su actual pueblo se parecía al de Masdenverge. Los dos hermanos se veían a menudo.

¿Quieres que cenemos juntas?, me propuso. Tengo quesos y vino tinto y ahora compraremos una *baguette* de camino. No tienes cara de comer mucho más, tú. No sabía cómo se las había apañado una vez más aquella mujer para haberme hecho sentir a la altura. Me trataba de igual. En mi carrera, que había empezado ya hacía años, hacia la madurez precoz, ella me dejaba ganar. Me hacía sentir como lo que quería ser: una persona adulta.

Elizabeth tenía un apartamento pequeño, había una alfombra peluda de un color gris oscuro también a juego con su pelo que ocupaba todo el suelo del comedor, donde también había un sofá de color negro y una mesa de esas abatibles contra la pared por si necesitas más espacio. Como estaba yo, la abrió para que cenáramos. Si no, comía de pie en la cocina o sentada en la mesita del sofá, que era de las que se sube la tapa y entonces queda a la altura de poder comer a gusto, me dijo. Elizabeth era diseñadora de ropa. Me lo había explicado de camino. Había llegado a tener una firma y a ganar mucho dinero, cuando tenía un poco más que mi edad, pero había llegado a un punto que no le compensaba, según me confesó, conceder entrevistas, pasar cuatro de cada siete noches fuera de casa, tener que follarse a ciertos personajes para acceder a ciertos contratos; esta era la parte que más le había desencantado. Su firma se llamaba Tabalec™. Me explicó que esta palabra siempre le había sonado y no sabía de qué ni qué quería decir, pero que a la hora de pensar un nombre para poner a su marca le vino a la cabeza. (Horas después pude asociar la muerte de su padre a esta palabra.) Yo le expliqué que un *tabalec,* en Masdenverge y alrededores, significaba un golpe desde las alturas, una caída, un morrazo de cuidao.

Tuve la sensación de haber hecho un poco el ridículo cuando me preguntó qué música te gusta y contesté que Pixies y Placebo mientras ella ya estaba poniendo un cedé de música clásica de un compositor que se llamaba Mahler. Este compositor te lo hace sentir todo, Gina, todo a la vez. Continuamos charlando, sobre todo ella. Yo siempre he tenido más gracia para escuchar que para hablar y tampoco es que a los veintiún años tuviera demasiadas cosas interesantes que decir, o eso me parecía. Yo me esforzaba con el francés y ella decía que estaba prendada de mi acento. Cuánta gente hay en el mundo que te conozca absolutamente como eres, sin filtros, me preguntó. No sé, contesté mientras contaba mentalmente mis compañeras de piso, mi hermana y mis dos mejores amigas del pueblo. Seis, son seis. Pues ya verás que dentro de unos años no tendrás ninguna. Ya verás que en unos años no te conocerás ni tú. Estás en los últimos años antes de convertirte en una desconocida, intenta pasarlo bien. Tantas certezas como tienes ahora, se te desmontarán como un castillo de naipes. Cuando te haces mayor, *ma chérie,* me dijo mientras me acariciaba la cara, ves la vida como una lucha fatigosa con la que negociar: yo no me la complico, ni siquiera busco ilusiones; a cambio, tú me dejas vivir tranquila. Si te pones a rascar el alma, es peor; a veces supura. Recuerdo que me inquietó muchísimo esta frase.

—He estado pensándolo y nunca he llegado a ninguna conclusión, por eso no te he escrito en seis años.

—¿Sobre qué? —oh, ella no se acordaba.

—Sobre por qué a tu madre la llamaban señor Maria, en masculino.

—¿La llamaban así? ¿Por qué?

—No lo sé, es eso lo que teníamos que hablar por carta, ¿no te acuerdas?

—Mira, te diré por qué: porque mi madre se quedó huérfana de madre a los cuatro años, y de padre a los nueve. Y se tuvo que quedar a vivir con los vecinos, que se la llevaron a París porque el padre de aquella familia estaba perseguido por el régimen. Se casó con el hijo de la casa, mi padre, que murió a los treinta y cuatro años al caerse de un andamio mientras trabajaba. Se quedó viuda con dos niños pequeños y sin dinero. Cuando quiso volver a Cataluña, mi hermano y yo éramos adolescentes y nos negamos en redondo. Nos peleamos por este tema durante varios años, hasta que yo cumplí los dieciocho. Entonces dejó a mi hermano a mi cargo y se marchó, cosa que no le perdonamos, y desde que se fue aquella noche no la vimos en vida nunca más. No la visitamos ni una sola vez y murió de cáncer sola. Y si a mi madre, cuando llegaba a aquella caseta humilde donde pasaba los veranos, las vecinas la llamaban señor-masculino-Maria creo que le debía de importar un rábano. Creo que mi madre había muerto por dentro tantas veces que no estoy segura de que le importara morirse la última vez. Quizá la habría ayudado un poco a hacer las paces con la vida que nosotros hubiéramos aparecido en algún momento, hacia el final, a recordarle que lo había hecho bien, que había sido una buena madre y que la queríamos. A media palabra se puso a llorar y tuve la impresión de que aquello tan gordo que me acababa de decir aún no lo había llorado. Que nunca había puesto palabras a la culpa. Que aquel dolor profundísimo hacía mucho tiempo que necesitaba ser expresado y me lo vertió encima en un espaciotiempo que me cogió por sorpresa.

    Fui a buscar un vaso de agua y le puse una mano en el hombro. Me agaché hasta la altura de sus ojos y le dije *c'est bien de pleurer, ma fille,* con esa distancia que te da otra lengua como para no darte cuenta de si estás cruzando ciertos límites de la confianza. Elizabeth me abrazó, llorando todavía sin consuelo, y, mientras le acariciaba el pelo plateado con una mano, con la otra le acerqué la servilleta de papel con la que se había limpiado los labios pintados mientras cenaba. Menos mal que se dio cuenta de que, para mí, la posición era entre incómoda y ridícula: estaba arrodillada solo con una pierna, como si fuera un caballero jurando fidelidad a una reina; y bajó de la silla para sentarse en la alfombra conmigo, donde continuó llorando, la servilleta ya bien empapada de llanto a estas alturas, y me decía mientras me lloraba en la oreja, *je suis seule, Gina, je suis seule parce que j'ai peur de l'amour, j'ai peur de la vie.* Y a mí, en aquella tesitura, no se me ocurrió nada mejor, para curarle la pena, que darle amor. Y, como un acto reflejo, cuando me soltó un poco y nos quedamos cara a cara a la altura de la alfombra, le acaricié la mejilla y acto seguido le di un beso en la boca que todavía hoy tengo grabado en el cerebro.

Supongo que desde la cordura que te da la edad o quizá porque meé un buen trozo fuera de tiesto, me puso lo que me pareció una sonrisa condescendiente, entre tierna y lastimosa, que para mí en ese momento quiso decir: dónde vas, criatura. Mejor me voy. Sí, así acabaré de llorar yo sola. Gracias por todo. Gracias a ti. ¿Tienes un mail?, le pedí ya pensando mentalmente el discurso de disculpas que le escribiría por lo que acababa de hacer. No, y no quiero tener mail. Apúntate la dirección de la librería, allí sabrán dónde encontrarme si me envías una carta. Carta que tampoco le escribí.

Al día siguiente no le conté a Lucía ni a nadie lo que me había pasado aquella noche con Elizabeth. Ni siquiera ahora tengo muy claro qué me pasó. Tan parecido a las mariposas en el estómago cuando me besaba un chico que me gustaba, tan diferente a la vez, tan mejor.

Cuatro

Enero de 2017

Querida Elizabeth:
Hoy te escribo desde el suelo del lavabo de un hotel de la periferia de Madrid. Resulta que me ha dado por

ovular siempre los fines de semana —lo sé exacto porque me lo dice un bastoncillo sobre el cual meo—, días en los que Fran toca en Madrid durante este año. Así que me toca seguir al macho como una hembra en celo, aunque el celo hace tiempo que no sé dónde lo dejé. Porque no sé si lo sabes, pero el sexo por prescripción médica es algo lamentable, como una nube oscura que se te instala en la habitación y te obliga a hacer el amor deprimido y entonces piensas que normal, que en este estado de ánimo qué niño va a querer ser engendrado. Y entras en una especie de bucle, ¿sabes?

Quizá las demás relaciones sean de otra manera e incluso se fortalezcan en un proceso así, yo te hablo de la mía, de mi experiencia, y de esta forma hacer el amor sin ganas a las tantas de la noche en un hotel de la periferia de Madrid.

Te seguiré escribiendo en otro momento, quizá de mejor humor.

Un beso,
Gina

Llegó un día en que lo pensé y lo pensé muy en serio: ¿serás tú, la de tu generación que acaba con un hombre veinte años mayor que ella? En las ciudades no sé cómo va, supongo que por cada equis habitantes, un porcentaje, pero en los pueblos, os lo puedo asegurar, en cada generación hay alguna, una mujer que acaba casándose con un hombre veinte años más mayor que ella. Y un día, recuerdo que era a principios de otoño, estaba oscureciendo, iba vestida con una camiseta de David Bowie blanca, unos vaqueros negros de pitillo y unas Converse grises, iba en el bus urbano volviendo de casa de Fran, que vivía solo, hacia mi piso compartido de Gràcia escuchando en los auriculares *Where Is My Mind?*, de los Pixies, cuando irrumpió esta pregunta retórica y que yo recibí con un poco de susto. Ay, que aún voy a ser yo.

Ya hacía dos años que había regresado del Erasmus en París. Habíamos terminado la carrera y pasado los últimos años de transición entre la vida real y la infancia —una especie de utopía— en el piso de la Vila Universitaria. A mis compañeras de piso y a mí nos pareció que la calle Rabassa de Barcelona, cerca de la plaza Rovira, podría ser el lugar perfecto para establecer de nuevo nuestro hogar. En ese segundo piso, ahora en la ciudad, nos acabaríamos convirtiendo casi en familia durante unos años que, ahora sí, recuerdo como los más felices de mi vida. Antes de que me estallara un poco todo en la cara.

«Gina, sé que tienes novio porque, siempre que te llamo al piso a las once de la noche, tus amigas me dicen que has salido a tirar la basura o a comprar al súper de abajo que cierra tan tarde. ¿Cómo es que esta vez no me lo dices? ¿Qué pasa, es un desacato? Sea como sea, sabes que a mamá se lo puedes contar todo.» Me entró mucha risa. ¿Por qué me había preguntado si era un desacato, es decir, un desastre de persona, alguien que no se aclara con su vida, en dialecto del Delta?

—No, no exactamente, mamá, pero tiene casi tu edad.

—Ah —una pausa, como un silencio musical—. Bueno, vale, mientras sea buena persona —me dijo.

La primera conversación que tuve con Fran sucedió cuando yo tenía veinticuatro años. Estábamos apoyados en la barra del único bar donde ponían buena música en el barrio. Íbamos allí, la verdad, porque una de mis compañeras de piso estudiaba teatro, y aquel bar se ve que estaba concurrido por artistas, actores y músicos y Sonia se moría de ganas de conocer a alguno. Yo básicamente lo que quería era reírme, que en aquellos momentos era mi máxima fijación vital, como si lo que pasara en el mundo no fuese ni tuviera que ir nunca conmigo. Y Fran estaba allí, siempre en el mismo rincón de la barra, dispuesto a reforzar el mito de que las mujeres nos enamoramos de los hombres que nos hacen reír. No lo sé, no me lo preguntéis. Quizá sí.

Fran era un tipo alto y delgado, con los huesos muy marcados, los ojos oscuros y grandes, como la nariz, que también la tenía grande, llevaba siempre la barba perfectamente afeitada aunque a veces le daba por dejarse solo bigote, y el pelo liso, que no acababa de ser largo pero tampoco corto y de un color castaño claro, casi rubio, peinado hacia atrás con un poco de gomina. En su manera de vestir, a menudo veías algún elemento de estrella del rock: una cazadora de cuero, unos zapatos de punta, una americana con solapas grandes, un pañuelo vistoso en el cuello, a veces un sombrero que a mí me parecía que le daba un aire elegante, y la mirada que tenía cuando no hablaba con nadie, entre despistada y melancólica, como si siempre echara de menos algo. A mí me parecía una de esas personas que tienen una belleza extraña.

Tardamos dos años todavía en hacer el amor por primera vez. Hasta entonces, cuando nos habíamos encontrado en aquel bar, pensaba sin lugar a dudas que un señor tan mayor no podía estar tirándome la caña en serio mientras yo le bailaba el agua mirándole a los ojos. Hasta que una noche, que no sé en qué se diferenció de las otras, le dije no te pidas nada más, que nos vamos a mi casa. Y él: que te llevo en mi camión, que lo tengo aparcado ahí fuera, ¿no? Y yo: en realidad es un poni, pero es un poni forzudo, cabemos los dos.

La primera vez que haces el amor con alguien, descubres muchas cosas sobre esa persona. La forma en que te besa y cómo te mira, si se queda a dormir o se marcha —si se marcha lo tienes claro, ¿no?—, si te abraza, si se puede creer que aquello sea verdad. Del mismo modo que en una conversación con una persona te basta con menos de dos minutos para saber si la quieres continuar, yo con Fran pensé que aquella primera noche la podría repetir cada día con toda naturalidad.

Los meses que vinieron después de aquella conversación —que en mi imaginario fue seguida de un trayecto en poni donde ambos llevábamos sombreros de cowboy, y yo las riendas hasta mi piso de la calle Rabassa— los recuerdo como si no cupiera más ironía, más risas, más alegría. Me imagino el edificio donde vivía Fran solo y donde yo ahora pasaba la mitad de las noches entre semana, visto desde otro piso de Barcelona saliéndole fuegos artificiales de la azotea. Podría muy bien ser esta la metáfora de aquellos primeros meses.

Nuestra conexión en cuanto a la chorrada y al humor absurdo fue instantánea y absoluta. Y además, aquel morbo de que fuera veinte años mayor. Todo un espectro ideal donde poder desplegar entera mi repelencia acumulada, un espacio nuevo e íntimo donde crearíamos una nueva manera de amor, donde seríamos él y yo y nuestras tonterías y que digan lo que quieran, que, tras la burbuja de la Vila Universitaria, esta otra que estaba creando con Fran era una sucesora más que digna.

Fran llevaba escrito en la cara que era músico. Y lo era. Trabajaba como *freelance*, igual le podían contratar para que tocara la guitarra como la batería como para que cantara, porque Fran tenía la voz masculina más bonita del mundo, de eso entonces estaba convencida. Y además sabe impostarla y modularla y hacer todo tipo de personajes, y yo me partía de risa sin parar. Parecía que él hubiera nacido para hacerme reír y yo, para reírle las gracias a él. No quería hacer nada más con mi vida. Los días eran bonitos porque en algún momento nos enviaríamos un mail o un mensaje que diría cosas bonitas y cosas que harían reír y con aquello ya tenía bastante. Durante esa época no me importaba tener que ir a trabajar en una oficina de nueve a seis.

Hacía poco que había encontrado ese trabajo. El primer empleo serio de mi vida. A los veintiséis años y en plena crisis económica, parecía que no me podía quejar en absoluto, «que hay un montón de jóvenes que no tienen empleo ni lo tendrán». Pero a mí aquello me parecía un secuestro horario en toda regla. Eso de tener que fichar a la hora de entrar y no poder irme del edificio hasta que no fuera la hora de salir no lo había hecho nunca antes. Me angustiaba tanto que les preguntaba a mis compañeros cómo lo llevaban ellos, ya sabéis —señalando la puerta de salida con la mirada—, esto de no poder salir de aquí hasta las seis de la tarde. Todo el mundo en aquella oficina se pensaba que estaba de cachondeo.

A mí el trabajo que me habían encargado hacer no me gustaba, y supongo que por eso sentía que el precio a pagar por los mil doscientos euros brutos (que entonces me parecían una fortuna, todo sea dicho) era la esclavitud ocho horas al día. En todo caso, y la realidad era esta, ya estaba dentro del bucle de jóvenes barceloneses trabajadores que comparten piso y van de *afterwork* y los fines de semana se emborrachan para olvidar la semana de trabajo absurda que han pasado y la que los espera mientras confían en encontrar a un alma igualmente absorbida que resulte ser el amor de su vida.

Los años anteriores había estado intentando vivir como traductora *freelance* —clientes, por cierto, que aún conservaba, como una especie de comodín al que aferrarme en caso de que—, pero tenía que complementar con clases extraescolares de inglés y francés a niños con quienes no me acababa de entender. Ganaba poco dinero, lo mínimo para sobrevivir y pagar el piso. Se suponía que haber doblado el salario lo compensaba todo, pero yo sentía que estaba entregando los mejores años de mi vida a unas personas que ganaban ocho veces más que yo.

Paralelamente, a partir de las seis de la tarde era absurdamente feliz. Vivía en Gràcia con mis tres amigas del alma, a quienes quería como familia, y charlábamos y nos reíamos y no teníamos secretos. Salíamos cuatro, cinco días a la semana a los bares, a las plazas, a charlar, a conocer gente y mientras tanto esta historia de amor que comenzaba y que me parecía lo más fuerte, lo más emocionante y lo más importante que había hecho nunca: enrollarme con un hombre de cuarenta y cinco años con el que conectaba más de lo que pensaba que era posible conectar.

Todo era perfecto a partir de las seis de la tarde hasta que una mañana de noviembre me desperté y veía doble.

—A ver, aproxímese la barbilla al pecho. ¿Nota algo?

—Una especie de rampa por la espalda.

Miradas de preocupación entre los otros asistentes, como si yo no las pudiera ver.

—¿Más síntomas inusuales que se haya detectado en los últimos días? —notaba, siempre había notado, cierto confort en esto de que me hablaran de usted a pesar de mi juventud.

—Hormigueo, desde aquí hasta aquí.

—¿Te has hecho pipí encima?

—¿Cuándo? ¿Ahora?

—No, quiero decir estos días. ¿Tienes problemas para aguantarte el pipí o la caca? —no podía entender cómo habían pasado de hablarme de usted a hablarme como a un niño solo por tener que pronunciar las palabras pipí y caca.

—¿Es una pregunta trampa? ¿Qué pasa?

—Perdone, quiero decir si controla los esfínteres.

—Sí. ¿Y usted? —mi padre me dio un golpecito con el pie por debajo de la mesa. Lo vieron todos—. Disculpe, estoy un poco alterada.

—¿Ha perdido el equilibrio? ¿Fuerza? ¿Tiene dolores? ¿Lapsus de memoria? ¿El sexo, alguna diferencia últimamente?

—¿Alguna diferencia exactamente a nivel físico, mental, de pareja, de orientación...? Perdone que no le entienda.

—Orgasmos, quiero decir, si puede tener orgasmos últimamente —miré a mi padre de reojo.

—Todo sería normal si no fuera porque es como si —no pude evitarlo— me hubieran introducido un ejército de hormigas en el cuerpo y ahora no pudieran salir. Como si me hubieran envuelto en plástico como un salchichón. Y como si en lugar de llevar gafas llevara dos caleidoscopios.

—Vale, usted tranquila porque no tiene esclerosis múltiple, ¿de acuerdo?

En ese instante pensé que las verdades más incómodas son a menudo las primeras que se niegan.

En todo este tiempo, mientras decidíamos si tenía esclerosis o no, mi piso compartido se había disuelto. Anna se había ido a vivir con su novio, Esther se había ido a Londres a buscar trabajo y Sonia tuvo que buscarse otro piso con otras compañeras con quien nunca llegaría a entablar amistad. Fran había comenzado a llamarme cariñín de manera habitual, en un gesto que interpreté como que éramos oficialmente pareja. Aprovechamos esta coyuntura en mi piso de Gràcia —en lo que, debo decir, fue claramente el final de una época y una de las despedidas más dolorosas que había vivido hasta entonces— para buscar un piso los dos juntos.

Todo en aquella situación era extraño. Intentaba entender cómo me sentía en el momento (lo llamo momento pero fueron un par de años de deliberación entre si me estaba muriendo, si era todo un papel que yo exageraba por estrés o si solo estaba enferma para siempre) en el que se me había explotado la burbuja; ahora sí que la cosa iba en serio, se ve que lo que siempre había querido de hacerme mayor, al final daba más vértigo de lo que me esperaba. Me seguían negando el diagnóstico, pero me habían derivado al CEMCAT (Centro de Esclerosis Múltiple de Cataluña). Un poco como quien va a un oncólogo y pregunta qué tengo, doctor.

Se supone que los inicios de una relación deben ser bonitos, ilusionantes, con ese brillo que tienen las cosas nuevas: un ático encantador en la calle Mariano Cubí, cerca de la estación de ferrocarriles de Gràcia, con una terraza desde donde veíamos ponerse el día por detrás del Tibidabo y el sol llenaba la cocina y el comedor e iluminaba el parquet casi hasta la hora del telediario noche. Y yo, por primera vez, compartiendo piso con una pareja, como una persona adulta. La vida real ya era aquello, problemas incluidos; bienvenida. Pero no era algo coyuntural, era algo en mí lo que estaba mal. Todo, todo a mi alrededor y también dentro de mí estaba manchado de miedo. Un miedo paralizante que me había helado la cara y ahora no me permitía reírme de las bromas de Fran.

Creo que fue una mañana radiante de viernes de una primavera que para mí no estaba existiendo. Hubiera querido ir a la playa salvaje de guijarros que más tarde vería desde el ventanal de nuestra habitación, hubiera querido quitarme toda la ropa y empezar a caminar mar adentro, aunque estuviéramos a diecinueve grados, hubiera querido seguir adelante incluso cuando ya no tocara el suelo de arena, y que pasara lo que tuviera que pasar. Pero en la vida real lo que hice fue llegar al trabajo y despedirme.

Muchas personas con esclerosis múltiple acaban dejando de trabajar poco o relativamente poco después del diagnóstico, y lo hacen, bien porque físicamente no pueden continuar desempeñando su trabajo, bien por depresión, o por fatiga o por problemas de movilidad. Yo creo que no dejé el trabajo por ninguno de estos motivos. Creo que lo que me pasó es que me entró prisa. Más prisa. Entendí que, si quería hacer algo en la vida, mejor que lo fuera haciendo, que fuera ultimando cosas, ahora que aún podía. Y lo que quería era traducir novelas, no colocar etiquetas en una web y que cuando me muriera todos dijeran: «Ah, sí, Gina, qué gran pérdida, deja un gran legado de etiquetas muy bien colocadas en una web de ofertas de última hora».

—No puedo continuar trabajando aquí. Tengo la sensación de que os estoy regalando muchas horas de mi vida, que entiendo que es vuestro negocio y para vosotros es normal, pero mi vida está siendo una mierda y pasármela aquí dentro no me ayuda. No puedo dejar que todo siga igual pero peor. No puedo continuar trabajando aquí como si no hubiera pasado nada. Comprenderéis que no quiera pasar las horas de esta vida corta y absurda aquí —lo comprendieron, vaya si lo comprendieron. Después volví a casa y, mientras Fran estaba ensayando para un bolo que tenía ese fin de semana, hice una maleta y escribí una nota: «Perdóname. Me he bajado a no sé qué pozo, no soy feliz, y esto no irá bien si uno de los dos no está bien. Quiero estar sola porque no me aguanto ni yo. Perdóname. *T'estimo. T'estime. T'estim*».

Me planté con la maleta a reventar de miedo y de culpa en el nuevo piso de Sonia (benditas amistades) y en cuestión de dos semanas ya estaba instalada en el pisito donde me pasaría dos años más. Se oía entrar desde la ventana un rumor, un rumor a veces más evidente, a veces más sutil: abrázate a un árbol, apúntate urgentemente a yoga, mi prima ha hecho tal dieta y le ha ido fenomenal para lo suyo, no bebas más leche de vaca, sobre todo; ¿sabes qué te va a venir muy bien? Las flores de Bach, pintar mandalas, la ayahuasca. Quiérete, quiérete, ¡que te quieras, te he dicho! Este rumor constante fue decayendo hasta que la gente olvidó por completo la noticia y volvieron a sus vidas, y la noticia me la quedé toda para mí para siempre.

Resultó que ese piso, situado muy cerca del que había compartido con mis amigas, estaba en la misma calle que la nueva consulta de Franziska y seguramente por eso un día nos encontramos de frente en la acera.

En aquella época yo andaba con una lucidez extraña, cansada de escucharme el cuerpo para identificar nuevos hormigueos, supongo, me había vuelto más sensible y me dejaba llevar por señales, intuiciones, cosas aleatorias. El hecho de encontrarme a Franziska en mi nueva calle, seis años después de verla por última vez, era para mí (junto con los signos claros de depresión y descolocación vital) una señal evidentísima de que debía retomar la terapia. Así que como un impulso le dije te quería llamar esta semana. Tomemos un café un día, me gustaría volver a verte.

Llevaba mucho tiempo sin llorar. Desde que mis padres se separaron ya no supe llorar más. No me salía. Se me había cortado algo y ahora no me caían las lágrimas. A Franziska le espantaba, aunque a mí no me parecía ningún problema. Mejor, mira, pensaba. Así no pierdo tiempo. Así no lloro. Porque llorar, es lo que tiene, hace llorar. Y aparte es triste. Y quién quiere estar triste con veinte años.

El caso es que el día en que el sopapo vino en forma de enfermedad de por vida pensé: ahora llorarás. Pero tampoco. Y ya me diréis cómo gestionaba todo aquello sin un rato de performance del drama. Nada.

Entonces me pasó una cosa extraña. En el piso donde vivía sola, conocí de mí una parte oscura, una yo desconocida que hubiera querido doblarse y hacerse una bola como esos insectos articulados, las cochinillas de la humedad, que aquí en el Delta llamamos *tocinets de Sant Antoni*. Encontraba una especie de paz sentándome a oscuras en el suelo del lavabo y abrazándome las rodillas, como si no existiera, como si de puertas afuera aquello no fuera verdad. Y luego a ver cómo salía del bucle en el que entraba dentro de aquel lavabo.

Tenía muchas ganas de llorar pero ya no sabía, había desaprendido y entonces pasó algo que no sabía que me podía pasar, una de esas miles de cosas que siempre les pasan a los demás hasta que un día te pasan a ti: me llamó una asistente social. Creo que en ese momento se me abrió una grieta en las costillas. ¿Necesitas ayuda?, me dijo. Puedo ir y ayudarte con temas de movilidad, si lo necesitas, ayudarte a hacer la comida o a vestirte. Porque... ¿tú cómo estás? ¿Vives sola? ¿Y cómo es que vives sola? Y entonces lloré, después de no sé cuántos años, y sin que ella lo notara. Pensé en decirle que mi incapacidad de levantarme del suelo y hacerme la cena no era una cuestión de movilidad física. Que si sabía el camino de vuelta al útero de mi madre. Que en realidad necesitaba que viniera ella misma o que enviara a alguien que me abrazara. Pero me limité a decirle con un hilo de voz estoy bien, no lo necesito, gracias. Y no volvió a llamarme nunca más.

Aquella grieta se convirtió en una especie de lo contrario: desde la llamada a oscuras de una asistente social en el suelo del baño ya solo supe llorar por cosas buenas. Conecté con la existencia de la felicidad ajena y me pasaba lo mismo que a mi bisabuela en los últimos años, que cuando sentía una emoción bonita lloraba. Y no era pena. Pero vete a saber qué era, porque alegría tampoco.

Y así, si tal había tenido un hijo, si alguien ganaba el Gran Dictat, si una peli acababa bien, si fulanito aprobaba un examen, si la operación había sido un éxito, si a una amiga le habían dado una beca y se marchaba a Estados Unidos, si dos amigos se habían enamorado, yo lloraba. Todo lo relacionado con lo que a mí me faltaba (os hablo de felicidad) me hacía llorar.

Me parece que empecé a ser feliz el día en que supe volver a llorar por cosas tristes.

Cinco

Marzo de 2017

Querida Elizabeth:
Hace un par de semanas que tenemos una batería montada en la casa del Delta donde vivimos ahora, en la misma urbanización donde pasaba tu madre los veranos. De repente la idea de nuestro *one hit wonder* no parece tan loca. Te cuento: Fran y yo queremos hacer un grupo de música para ganarnos la vida y no tener que trabajar (no te rías). De hecho, Fran me ha dicho que yo puedo escribir las letras en inglés y él poner la música. Hemos decidido que él tocará el banjo y cantará, y yo la batería, claro. Y que nuestra criatura, cuando nazca —previo proceso de engendrarla, ya me entiendes—, no podrá haber nacido en un lugar más guay del planeta, porque cuando Fran toca con el banjo atado al cuerpo, que lo

coge como si fuera exactamente una Fender Stratocaster y canta al micro antiguo que cuelga del techo, y yo la batería, aunque lo haga de aquella manera, que hago lo que puedo, parecemos dos personajes salidos de una peli del Sundance.

Intento aferrarme a las cosas que me ilusionan, no te voy a engañar. Esta es una de ellas. Las ilusiones ilusionan, es lo que tienen. No te creas, que me pregunto a menudo qué será lo que te ilusiona a ti.

Un beso,
Gina

Hacía casi diez años que no sabía nada de ella y, justo en el peor periodo de mi vida, Lucía también estaba en el peor periodo de la suya. Que ya es casualidad. Me llamó, un acto que no había hecho nunca, porque ni a ella ni a mí nos gustaba hablar por teléfono. Nosotras éramos más de charlar en un bar con cervezas de por medio, o cortándonos el pelo. Ahora, la verdad, ya no sé cómo debemos de ser las dos juntas.

¿Cómo estás, Gina? ¿Me cuentas alguna novedad? Tuve la sensación de que alguien le había explicado lo mío. Sí, te cuento: no te asustes, que estoy bien pero blablablá, solté todo el arsenal médico reciente. Joder. Tía, me da mucha pena. Pues yo te llamaba para decirte que aquello de ser una cuarentona soltera y feliz sigue en pie. ¿De verdad que me llamas por esto? Bueno, por esto y porque no voy a poder tener hijos. Como esto lo habíamos hablado tú y yo, he querido llamarte para contártelo. Y no te creas, que durante unos días llegué incluso a pensar que estaba embarazada, ya ves qué tontería, porque se me había puesto una barriga que ni que fuera a parir al día siguiente, oye. Y al final fui al médico y embarazada no estaba, no. Pero lo que sí tenía eran dos tumores como dos cabezas de bebé en la matriz, así que me la sacaron y, no te lo pierdas, que ahora te llamo desde la bañera porque si salgo creo que el sofoco menopáusico que llevo va a acabar conmigo.

Joder, Lucía, joder. A esta profunda elucubración mía solo supe añadir: qué cochina, la vida, eh. Se echó a reír y me dijo: casi prefiero abrirme el culo a diario con un cuchillo de cocina.

Esta manera tragicómica de afrontar la otra cara de la alegría me inspira, no lo negaré. De todas las mujeres que he conocido hasta ahora, Lucía es de las que más admiro. Puedo estar diez años sin hablar con ella, pero puedo jurar que hoy mismo me lanzaría a tortazos contra cualquiera para defenderla. Y eso que yo soy muy de perder.

Han pasado cuatro años desde aquella conversación y no hemos vuelto a hablar. La última vez que la había visto estaba tirada en el asfalto en su pueblo porque la había atropellado un coche. Pero eso ya lo contaré en otro momento.

Seis

Abril de 2017

Querida Elizabeth:
He escrito sobre una flor que está a punto de eclosionar, atrapada en mi balcón. Que yo tengo una flor y tú tienes el bosque entero. Que mi flor es toda roja y rosa y triste. Que tengo ganas de eclosionar yo también, y formar así estrellas pequeñitas para esparcirlas por el jardín. Para crear una galaxia de estrellas brillantes y rebeldes y volver así a ser polvo.

De esto va la canción que he escrito en inglés porque la música que ha compuesto Fran es de verdad preciosa y ojalá este sea nuestro *one hit wonder*. Hoy ya lo hemos empezado a ensayar.

Yo no descarto nada, que la vida es una cosa rara. Bueno, algo sí puedo descartar: el embarazo este mes.
Un beso,
Gina

Franziska estaba un poco cambiada físicamente, y seguramente yo también, porque la última vez que nos habíamos visto yo tenía veintiún años y ella no lo sé exacto, porque nunca me atreví a preguntarle qué edad tenía, con aquel ademán agreste, me daba respeto que me saliera por peteneras, pero diría que ahora debía de tener unos cuarenta y tres o cuarenta y cuatro años. Lucía una melena teñida de caoba que no le había visto nunca antes. Le quedaba bien.

El café que aceptó tomarse conmigo tuvo que ser dos meses más tarde de aquel encuentro azaroso y a las siete y media de la mañana en el bar de nuestra calle. Le pregunté por todo (con esa pregunta estúpida que hace la gente y que debería estar prohibida por ley: cómo-va-todo, le dije, cafre de mí). Ella, que tenía más sentido común que yo, levantó una ceja como queriendo decir ¿de verdad?, y yo: «No, perdona. ¿Y Manolo, qué tal?, ¿cómo os va?». «Se murió.» Entre mis talentos está el de la inoportunidad.

Algo que se hace mucho en los pueblos es bautizar a todo cristo con un mote. Es más, si no tenéis mote, preocupaos porque no acabáis de encajar en el pueblo. Bueno, pues a Manolo, me consta, lo llamaban Lo Tendre (es decir, el tierno) en el Poblet. Porque era todo lo contrario de un tipo duro, que diría que es la única manera de sobrevivir en un pueblo como aquel. Manolo tenía padre y madre cuando se murió, justo antes de cumplir los sesenta años. Todo el mundo explica que el mote le cayó un día que estaba en el bar, el único que hay abierto en enero en Poble Nou del Delta, y un amigo le dijo fúmate un ducados, Manolo, hombre, que por un cigarro que te fumes no te va a pasar nada. Y Manolo, seguramente cansado de oírlos insistir durante toda su existencia, esa noche le dio la primera calada a un cigarro en su vida, y justamente era tabaco negro, que agárrate los machos. Del ataque de tos, hiperventiló y lo tuvieron que sacar a la calle y empezar a golpearle la espalda como se golpea a un caballo de carreras. Cuando se hubo recuperado, del susto, se ve que se echó a llorar y se abrazó a su amigo Juan

Ramón, a quien le dio por reírse. «¡Serás tierno, cagondiós, Manolo, *xeic*!».

Lo siento, dije yo. «Fue poco después de que te fueras de Erasmus. Cuando lo conocí ya sabía que estaba enfermo y que se iba a morir», me dijo mientras yo me tiraba un poco de café por encima y le soltaba un profundo no sé qué decir. «Lo que es complicado es no sentir pena, o una extremada compasión por alguien que se está muriendo. No se le puede perdonar todo a alguien solo porque se esté muriendo, ¿entiendes? No puede ser como un niño malcriado, porque la vida no es así. Sería falsearla. De esta experiencia he aprendido muchas cosas, sobre la muerte y también sobre mí.» Se me ocurrió preguntarle qué era lo que había aprendido y menos mal que me volvió a levantar la ceja, porque así yo ya entendí que no me lo podía explicar gratis. «Hace seis años que se murió y estuvimos juntos dos años y medio, casi el tiempo desde el diagnóstico hasta que murió. No hicimos el amor ni una vez, ¿sabes? No sé por qué te cuento esto. Sin embargo, sí que conocí a su familia, su madre todavía me llama los domingos.» «¿Le querías?» «Sí, y me dio mucha pena cuando se murió. Pero la muerte es todo un tema que no sabemos manejar, un tema que, en general, la gente tiene mal resuelto. Yo lo he trabajado mucho. La muerte existe en la vida, nos guste o no. Y yo la muerte la tenía muy estudiada. ¿Te lo había contado? Cuando estudiaba aquí en Barcelona unos amigos de la pandilla de Heidelberg, que eran pareja, me habían dicho que vendrían en verano a verme y a pasar unos días en la ciudad. Querían tomar un avión, pero yo los animé a que hicieran el viaje en coche, que todo el mundo debería hacer un *road trip* en la vida, les dije, pensándolo de verdad, y además así podríamos hacer excursiones a la Costa Brava. Pero nunca llegaron porque se mataron en un accidente. Y entonces se me quedó esa culpa pegada a piel, siempre amenazante, que tuve que trabajar mucho. Y toda la tristeza, la tristeza culpable del superviviente. La tristeza hay que abrazarla, como se abraza a un enemigo hasta que se enternece y al final te quiere. Es la única manera de dejarla de lado y poder salir adelante, pensando que aún mereces el futuro que te queda. Me cambió el carácter. Por entonces yo había empezado a estudiar derecho, pero cuando pasó eso cambié a psicología.»

A veces tenía la sensación de que Franziska estaba por encima de los sentimientos y del bien y del mal. Que para ella la vida en sí misma era un experimento. Que todos los que aparecíamos en su vida éramos parte de ese experimento. Y está claro que no era así, pero yo a veces lo pensaba. «¿Estás bien ahora?» Y justo después de preguntárselo caí en que ella acto seguido me diría ¿qué-es-bien? Así que me adelanté: «Quiero decir cómo te sientes ahora». «Enamorada. De Margot. Es toda otra historia.» Y, de nuevo, con ese exceso de normalidad que se intenta mostrar cuando sabes que sería incorrecto sorprenderte demasiado, sonreí y le dije: «¿También vive en el Poblet?». «No, vive aquí en Barcelona.» Entonces se hizo un silencio extraño. Franziska iba a cambiar de tema y yo tuve poco tiempo para pensar si me lanzaba a suplicarle que me hablara más de ello, por favor, que aquel tema, aunque no se lo había dicho nunca, me interesaba muchísimo. Quizá pasaron unos cinco segundos incómodos en los que ella ya estaba buscando el monedero para pagar, cuando yo finalmente pensé díselo, díselo y se lo dije:

—No sabía que también te gustaban las mujeres.

—Ah, no, ni yo tampoco —mi mirada solo decía continúa—. De una mujer te enamoras diferente, creo, de hecho hablo por mí, no sé si a todas nos pasa igual, posiblemente no. Cuando conocí a Margot me interesó toda ella. No fue que me fijara en sus pechos, o en sus ojos grandes, y pensara qué buena está, qué guapa es, no. Qué va —ahora mi rostro iba diciendo claro, claro—. Pero me hacía feliz encontrármela, verla, hablar con ella. Primero sentí ganas de abrazarla, después de besarla, después, de todo, de tocarle la piel, acariciarle el pelo. ¿Lo entiendes?

—Sí. Sí. No es igual que con una amiga normal.

—Exacto. La primera diferencia respecto a la relación con un hombre es que te entiendes de otro modo, intimas de otra manera. Entonces te das cuenta de que te hace ilusión que te escriba, que te pones nerviosa. Y el cuerpo te acaba diciendo bébetela toda. Es fascinante, Gina. Es otra historia, intelectual y físicamente es otro paradigma muy interesante. ¿Qué tienes en la frente?

Me gustó que me hiciera esa pregunta porque tenía toda una teoría sobre lo que tenía en la frente. Resulta que tenía la costra de un rasguño que me había hecho una gata. Era una gata a la que detestaba porque olía a mierda todo el tiempo, porque era agresiva y una malnacida. Era la gata de un chico (solo tenía diez años más que yo) con quien estaba saliendo en aquella época, pero que me hacía luz de gas y chantaje emocional y yo no podía parar de llorar cuando me quedaba a solas, y no sabía por qué quedaba con él, seguramente por eso. El día en que la gata se me lanzó como una energúmena a la cara para arañarme la frente, salí de aquella casa para irme a la mía. Me pasé la noche pensando y llegué a la conclusión de que la gata pestilente aquella, lejos de odiarme, era mi aliada. Estaba intentando decirme algo: en concreto, que huyera de su lado, que cambiara el rumbo de mi vida. Y a la mañana siguiente decidí que no vería más a aquel hombre.

Tras toda esta explicación, Franziska me dijo: de momento, esto es lo más loco que he oído en lo que va de año de todos los pacientes que vienen a la consulta. Pero ¿sabes qué? Que si tú has interpretado esto es porque estabas esperando un motivo, una explicación, para huir del dueño de la gata, así que bien visto. Venga, subamos y recomencemos. ¿Qué me cuentas de nuevo, además de lo de la gata? Tienes mala cara.

Uy, pues esto va a ser otro brote. No molan les conversaciones que comienzan así.

Si supiéramos seguro que el 13 de octubre empezaremos a llevar bastón y que el 28 de mayo del año siguiente nos fallará el esfínter por primera vez, no podríamos vivir. La angustia nos mataría. O el alcoholismo, posiblemente. Por lo tanto, solo puedo vivir pensando que no pasará nada, que todo irá bien. Pero no soy ingenua: sé que puede pasar de todo. Y cuidado, que todo es todo, incluso cosas buenas. Franziska siempre me decía: no te prepares para lo peor, no sirve de nada.

En la siguiente conversación con el neurólogo me confirmaron el diagnóstico. La buena noticia era que alguien consideró adecuado explicarme —recuerdo que hacía dos años los médicos me habían dicho no busques nada en Google relacionado con esto y les había hecho caso, espero que si alguna vez tengo una hija o un hijo no se parezca en nada a mí— la diferencia entre EM y ELA y que yo había tenido tanta suerte de que no fuera ELA. Por lo tanto, no me estaba muriendo, cosa que me alegró tanto que no sé ni cómo expresarlo. Eso sí, me cogí de la mano de la incertidumbre y ya no la soltaría nunca más; después entendí que todo el mundo tiene una cuota bastante inimaginable de incertidumbre en la vida, lo que pasa es que normalmente no se lo dice un médico. Y además tuve que escoger, un poco como si estuviera en la casa del terror, entre el abanico de tratamientos y sus efectos secundarios. Y, eh, gracias que los hay, y gracias que hay ciencia.

Hay un primer día de tratamiento en el que te hacen ir al CEMCAT a pasar la mañana: primero te dan una charla de iniciación con todos los recién llegados al club de la esclerosis. La mañana en que me hicieron ir a mí solo había una señora mayor, que es raro pero acababa de ser diagnosticada —el diagnóstico tiene más incidencia en mujeres de veinte a cuarenta años—, acompañada por su marido, y también un hombre joven, de un pueblo de montaña cerca de Vic que no recuerdo cómo dijo que se llamaba, el pueblo, pero tenía un acento cerradísimo.

La señora gimoteaba todo el rato, lloriqueaba y todo, que había perdido fuerza en la pierna, que ya necesitaba bastón y que solo tenía sesenta y dos años. A mí no me hacía ni puta gracia estar allí, no os engañaré. Mira si debía de poner cara de mala leche que la enfermera que intentaba darnos la charla la detuvo, no para hacer callar a la señora que lloriqueaba sino para decirme a mí que por favor no la mirara tan mal, que ella no tenía la culpa de lo que nos pasaba. Ya. Ojalá la tuviera alguien, también os digo que lo pensé. Cuando ella terminó de hablar, me di cuenta enseguida de que la gente había ido allí a quejarse. Era el turno del de Osona. Tendría diez o doce años más que yo. Era bajito y robusto, no gordo, eh: robusto. Entre reniegos nos explicó que estaba allí derivado del hospital de Vic, porque no había podido soportar el tratamiento y ahora se lo tenían que cambiar. En este punto, la señora aumentó la intensidad de los gemidos. ¿Qué tratamiento era?, le pregunté, por aquello de la curiosidad. Copaxone. Vaya, mira, justo el que había escogido yo. Y cuánto daño hace. «A ver, no te quiero asustar, pero duele. Y yo soy un hombre fuerte, en cambio tú, con lo delgadita que estás...» Seguro que no duele más que una dismenorrea, hombre fuerte de los cojones. Esto último solo lo pensé. Pero ¿sabéis qué? Evidentemente que una dismenorrea duele más, no tardé nada en comprobarlo.

Ese día entendí que había una parte heroica en el hecho de no quejarse. Y un cierto placer en este heroísmo. Durante muchos meses pasaría ratos ante el espejo intentando decidir en qué punto de mi cuerpo me pincharía. No me había mirado tanto la piel desnuda, un cuerpo que se me fue llenando de moratones y de bultos del líquido enquistado, roída la piel de las inyecciones, en la barriga, en la parte baja de la espalda, justo donde tengo las estrías, en los muslos, donde después decidí dejar de pincharme porque ya me habían salido unos hoyos de yonqui irrecuperables. No era consciente de ello entonces, pero estaba haciendo un montón de trabajo de autoestima: cuanto más feo se me quedaba el cuerpo, más lo quería. Y no lo había empezado a querer hasta entonces, cargada de manías como había estado siempre. En aquel lavabo pequeñísimo, cada noche a la hora de la verdad solo estábamos yo y el espejo y un cuerpo que era mío rebelado contra mí y el ejercicio del dolor y el placer de apretar los labios y mirarme a los ojos y no quejarme.

Siete

Mayo de 2017

Querida Elizabeth:
Hoy iba conduciendo por la carretera nacional que lleva a Amposta, una donde siempre hay muchos accidentes, y me he encontrado con un camión de cochinillos recién volcado. Ya estaban los Mossos d'Esquadra cortando la carretera, pero aún había cerditos muertos en la cuneta, y lo mismo dentro el camión, muertos y vivos, y otros que campaban asustados por la era. Los Mossos intentaban tener a los lechones controlados para que no provocaran más accidentes. En el rato que me ha tocado estar parada en la carretera, he tenido tiempo de fijarme en el conductor del camión accidentado. Era un hombre de unos cuarenta y muchos. Nos hemos cruzado la mirada justo en el momento en que yo estaba pensando que aquello, ser conductor de camiones de lechones que van al matadero, debía de ser el trabajo más triste del país. Y encima, se la había pegado: estaba allí sentado en el suelo, golpeado, sobre el barro, barro que se había hecho con sangre de lechones, no con agua, porque hoy no ha llovido, y he imaginado —porque cuando piensas puedes pensar muchas cosas a la vez y muy rápidamente, tanto que, mientras pensaba eso, le enviaba mensajes mentales simultáneos que le pedían que cambiara de trabajo—, he imaginado cómo será en

su casa, alguien que traslada lechones al matadero. Si será un hombre encantador, si hablará en tono conciliador, si tratará con amor a su esposa y con respeto a todas las demás mujeres del mundo, si cocinará y limpiará los aseos, si tendrá hijos, si dejaría de fumar cuando supo que su mujer estaba embarazada, y si será uno de esos padres implicados en la educación y la transmisión de valores como el feminismo, la libertad, la humildad, la lealtad, el coraje y el amor por la vida.

Me he preguntado si, a pesar de haber formado una familia, él mismo y su mujer se sentirán solos. Si alguien le entenderá cuando intente explicar que, en el suelo, manchado de sangre de lechones accidentados por el camión que él conducía, se ha sentido miserable y ahora preferiría trabajar, no sé, de barrendero o de reponedor en un supermercado. O de conductor de autobús. Si alguien la entenderá a ella en caso de que, de un día para otro, diga que no quiere estar con alguien que traslada lechones al matadero y si la sociedad o él mismo lo encontrará un motivo suficiente como para dejarlo o si, por el contrario, intentará que ella se sienta culpable.

Te seguiré escribiendo, querida Elizabeth.
Un beso

Los casi dos años que estuve viviendo sola fueron una época convulsa, difuminada, que me tuvo muy ocupada muriéndome de miedo, lamentándome, deprimida, aislada del mundo, áspera y abrazada a mil fantasmas que me daban besos con lengua para ir chupándome el sentido de la vida.

Fue entonces cuando conocí la ansiedad. Y creedme que la ansiedad es como ese virus que hace que nos salgan pupas en el labio, que en cuanto lo cogemos la primera vez, va apareciendo siempre, en cuanto bajamos la guardia. Un día te nace al revés, del intestino hacia arriba, hacia el diafragma y hasta el cuello, hasta los ojos y hasta el ansia. Y no sé la vuestra, pero mi ansiedad me obliga a frotarme la cara con caricias demasiado fuertes, como si se quisiera llevar las mejillas a un lugar más tranquilo. Y me agarra una mano con la otra, pero no de forma amigable, mis manos se agarran de manera cruel y violenta, como si no se amaran. Como queriendo hacerse daño y nada enamoradas, como una pareja que no sabe por qué siguen juntos. La ansiedad no es buena amiga. A diferencia del miedo, la ansiedad no sé de qué sirve.

Durante aquella época me dediqué a toda clase de estupideces y me hice odiar un poco por las escasas personas a las que aún veía, y llegué a entender a quienes hacen tonterías y se agarran fuerte con las dos manos a clavos ardiendo, porque total.

Una de esas cosas fue dejarme engatusar por un *coach*. Sí-se-ñor. No me malinterpretéis. No me engatusó, era un buen hombre. Tampoco me cobraba, era un intercambio de tareas. Yo le reescribía la web, él me hacía de *coach* emocional. Es más, ni siquiera le busqué, apareció en una reunión de trabajo. Los meses antes de dejar la oficina donde trabajaba me había dedicado a buscar más clientes (improvisar no es algo que me guste hacer) y, cuando tuve los suficientes como para ganar lo mismo que ganaba en nómina, dejé el trabajo. Cuando conocí a aquel hombre, hacía poco que me dedicaba exclusivamente a traducir y redactar contenidos, sobre todo páginas web para pequeñas empresas.

El *coach* me empezó a hablar de cosas extrañas que a mí no me sonaban de nada y al cabo de dos horas ya me pareció que aquel hombre quizá tuviera la solución a mis problemas y, si no, tampoco importaba. No es que fuera una ingenua, yo soy más bien una persona desconfiada, pero también es verdad que tengo tendencia a pensar «por probar...» cuando la cosa está jodida. Encuentro cierto placer en asumir ciertos riesgos; este señor podía haber sido un psicópata, un ladrón o un violador, pero a mí, poniéndolo todo en una balanza, en ese momento me daba igual si salía muy mal la cosa, no sé si me explico.

Ocurrió que aquellos meses largos, casi años, le miré de cerca los ojos a la tristeza y la llegué a conocer bien. Os la presento: la tristeza se te sienta al borde de la cama cada mañana y pinta nubes en el paisaje. La tristeza te pronuncia al oído una palabra impecable, te repite un deseo preñado de buenos propósitos y, a cambio, te planta un vacío en el vientre como una casa de campo, como una habitación desnuda, como un grito en el vacío muy sordo. La tristeza no te deja vivir con normalidad aunque sea impostada. La tristeza pesa. Te aplasta el pecho. Te viste con una manta mojada. Y el cuerpo te tiembla siempre un poco, de un modo casi imperceptible pero constante, incluso cuando duermes. Y ojalá, ojalá alguien me hubiera dicho, durante este último año tan oscuro, que es normal tener miedo y que no pasa nada si estoy triste. Que la tristeza es más digna que un adiós sin lágrimas. Que tengo todo el derecho a estar triste. Que no hay nada malo en mí, ni dentro de mi cabeza, ni dentro de mi cuerpo, ni en mi manera de ser, ni en mi soledad. Una soledad enferma que me nace del pecho, que llevo adherida a la piel, que no entiende nadie. Las ganas de llorar no te dejan hacerte la comida, ver la tele, leer, no te dejan trabajar. A veces las ganas de llorar no te dejan ni llorar. Pero lo tienes que hacer todo igualmente, y pobre de ti si no lo haces. No, a la tristeza no le debes entregar entera la vida, solo le tienes que hacer un sitio en todos los espacios de la casa, como a uno más de la familia o como a un compañero de piso imbécil e inevitable, a quien tienes que intentar querer. Porque la tristeza existe igual que tú, vestida de un azul gravísimo, de un grave azulísimo, y vive en un silencio brutal. La tristeza te deprime la lengua como lo hacen los médicos con el depresor, con una absoluta indiferencia. Pero sabéis qué: a la tristeza hay que examinarla muy a fondo, muy a fondo. No sea que un día pase al lado una alegría y no sepamos reconocerla. Un día volví de correr y ya no estaba.

A veces no tienes ganas de aprender nada pero no hay forma de evitarlo. Yo, por ejemplo, con el *coach* aprendí que a mí no me pueden hipnotizar. Imposible. Del mismo modo que si estás durmiendo a mi lado y te levantas al baño en mitad de la noche, no puedes esperar que no me dé cuenta. El *coach* era una especie de gurú autoconvencido de lo que hacía que iba soltando frases flotador que no sé de dónde había sacado. Ojo, que me dijo algunas que me gustaron: «Te parece que no, pero el subconsciente ya ha empezado a trabajar». Pero luego también pronunciaba otras que me sacaban toda la furia: «La vida no nos pone ante cosas que no podamos soportar». «Menos las personas que se mueren, que por lo que sea no lo han podido soportar», le decía yo. Algo a lo que él replicaba con un «todo pasa por algún motivo; para aprender algo, los que se van no, claro, los que se quedan, se entiende, son los que tienen que hacer un aprendizaje». Yo con la ceja derecha levantada y la cabeza un poco ladeada todo el tiempo.

También intenté cruzar ciertos límites, digamos místicos. Me interesé por la psicomagia de Jodorowsky e hice actos simbólicos que si hubieran implicado, por ejemplo, casarme con un chimpancé del zoo de Barcelona para darle a entender al subconsciente que ya había sentado la cabeza, posiblemente también lo habría hecho. Por suerte no fue necesario; me limité, guiada por mi flamante y místico *coach*, a enterrar en macetas unas cartas llenas de letras de rabia y plantar flores que no llegaron a crecer nunca, y a beberme las cenizas de unos papeles escritos con boli azul mezcladas con vino tinto de mesa del Caprabo.

Pero vuelvo al tema. Yo entonces tenía veintiocho años y la sensación de que tenía problemas de verdad, problemas sin remedio, y que a lo único que podía aspirar era a saber llevarlos con dignidad: unos problemas que me habían sido presentados con tratamiento de usted, en una sala oscura de una consulta privada, que se me habían expuesto negándolos, como se confiesan las verdades que hacen más daño. Como cuando niegas ser racista, pero; como cuando dices yo-no-he-sido antes de que nadie te lo pregunte; como cuando te niegas a ti misma haberte enamorado de quien no toca.

Por eso aterricé, no sé ni cómo, en la consulta de una chica que aseguraba poner en orden el mapa energético corporal para que todo fluyera de nuevo. No me lo acabé de creer nunca, pero tenía la remota sensación de estar haciendo algo para intentar ayudarme, que era lo contrario de lo que había estado haciendo hasta el momento, desde que comenzaron los síntomas y las sospechas de que tenía una enfermedad grave: intentar destruirme. Además, he de confesarlo, encuentro cierto placer en coger a un desconocido y explicarle mis problemas más íntimos, no sé por qué.

Aquella chica, aparte de colocarme la mano en el coxis mientras yo dejaba caer todo mi peso durante mucho rato, me habló del Ascenso a Saturno. Lo hizo después de que yo le resumiera mi situación en una oración compuesta: tengo esclerosis múltiple y he reaccionado dejando al novio y el trabajo y ahora me pincho sola un medicamento que duele pero que duele menos que el dolor del alma.

Se ve que el Ascenso a Saturno es algo relacionado con cambiar de casa astrológica cuando cumples los treinta años —a mí esto de las casas no me sonó extraño gracias al *coach*, que ya me había hablado de ello: estás a punto de entrar en la casa seis, la de la familia y el trabajo—. Yo esto lo oía desde la distancia que me da aferrarme con fuerza a la ciencia mientras cargo con una desesperación interior importante. Y ella me intentó serenar: «Y el Ascenso a Saturno siempre es muy convulso para todos. No es fácil».

Diría que me dio rabia que fuera convulso para todo el mundo. De todos modos, me lo tomé como sinónimo de hacerse mayor, hacerse adulto de verdad. Tener problemas que empiecen a pesar, miedos que empiecen a dar miedo de verdad, perspectivas que empiecen a dar vértigo en serio. Mentiras que empiecen a ser ciertas, como un diagnóstico negado.

Ahora, aquí en el Delta, vivo cerca de una de mis mejores amigas. Es una suerte, porque así nos podemos ver a menudo y charlar, algo que no hacíamos durante los años que viví en Barcelona. Cada vez estoy más convencida de que las conversaciones curan. Que las mujeres charlamos entre nosotras sin más fin que charlar, para vaciarnos de angustia, por la alegría de saber de la otra. La mayoría de los hombres no. O no tanto. Ellos cuando hablan es o bien por compromiso, porque se han encontrado en la calle y entonces se cuentan la vida a modo de telegrama, como una especie de convención social, o bien para llegar a un fin. Para las mujeres, charlar es el fin. Después de explicarle las penas a una amiga que sabes que te escucha tienes menos pesar en el alma.

Mar y yo ahora hablamos a menudo. Fuimos muy amigas durante la época del instituto y los años de universidad. Incluso, después de mi Erasmus, Mar se ofreció a acompañarme a Venta del Pobre para ver a Lucía aquel verano. No quería hacer con Lucía lo que hace la gente, eso de decir te iré a visitar este verano y luego no ir porque es un palo. Yo quería cumplir mi palabra con Lucía y a Mar le pareció que un viaje a Almería desde La Ràpita en un coche sin aire acondicionado era el mejor plan para aquel julio en el que no teníamos nada que hacer. Cuando llegamos, Lucía no había avisado a nadie de que íbamos y su hermana nos preparó una cama plegable para las dos en el pasillo donde dormía el pastor alemán. ¿Estaréis bien? Mujer, no, pero no era cuestión de ponerse finolis viendo el panorama. La mala noticia llegó al día siguiente, cuando, después de haber hecho quinientos sesenta kilómetros y haber dormido abrazadas en una cama de ochenta a cuarenta grados y con el aliento de un perro sudado en la cara, nos despertó la vocecilla de un niño por la ventana: «¡Rápido, rápido, Lucía está en la cuneta!». Se ve que, un mes y medio después de volver de París, nuestra Lucía no se había hecho todavía unas gafas nuevas, y había cogido la moto sin gafas y sin casco aquella mañana para ir a trabajar al bar —aquí todos vamos así, me había dicho el día antes— y, claro, no vio venir un coche que se la llevó por delante. Le sangraba un poco la frente y las dos manos mientras esperábamos a que llegara la ambulancia y, cuando llegó, nos subimos al coche y, viendo que Lucía iba a tener que estar unos días en el hospital, que en casa de la hermana no nos habían recibido precisamente con una charanga y que ni la una ni la otra teníamos un duro como para irnos a un hotel, decidimos dar la vuelta y tirar directamente dirección Murcia, donde paramos a desayunar.

Quiero decir que Mar y yo hemos compartido durante la juventud muchos momentos como este que nos han mantenido unidas hasta ahora. A veces quedamos y nos llevamos todo un listado mental de quejas que no podemos soltar en familia por la salud conyugal, digamos, y nos damos la razón mutuamente todo el tiempo y hale, para casa que ya se va haciendo de noche.

Mar es un encanto de persona, y su compañero también. Tienen un niño pequeño precioso llamado Julià. Hace poco quedamos ella y yo a solas y me dijo que estaba esperando otro, que estaba de dos meses. Me hizo feliz saberlo. Me alegré mucho, de verdad. Pensé, y diría que incluso se lo dije, que sería fantástico, que seguro que será fantástico —dando por hecho que yo no tardaría nada ya en quedarme— que estemos embarazadas las dos a la vez y que nuestros niños puedan ir juntos a la escuela, Mar, qué alegría. Mientras me lo contaba, bebíamos una cerveza sin alcohol cada una: ella porque estaba embarazada, yo porque estaba en esos catorce días al mes en que no bebía alcohol porque técnicamente podía estarlo, desde la ovulación hasta la regla, y aunque la gente me decía «hasta que no sabes que estás embarazada puedes beber alcohol, no pasa nada», yo prefería no hacerlo, porque ya me sentía mala madre.

De la época que podemos llamar el Ascenso a Saturno, me quedó una secuela bastante curiosa. Había desarrollado, durante ese periodo, una tendencia aguda a la autodestrucción. Un no importarme qué me pasaba porque total, yo ya iba cuesta abajo y sin frenos. En aquella época, unos tres años atrás, no quería dormirme para que no fuera el día siguiente. No digería el desayuno y pasé a tomarme directamente un café solo escaso cada mañana. No me hacía la cena jamás de los jamases, para mí sola, estamos locos o qué. Solo fumaba, eso sí, fumaba mucho y no me importaba cuánto llegara a fumar. No quedaba con nadie, convencida de que era mala compañía, que la gente estaba incómoda conmigo y si quedaban era por compromiso. Miraba a las demás personas como si estuvieran en el otro lado de un cristal. No me gustaba que se rieran o que fueran felices. No había música. No me gustaba que fuera viernes. Que fuera primavera, que fuera verano. No me gustaban los besos que se daban los demás y a mí no, ni los planes de futuro de los demás y los míos, qué. Las ganas de vivir de los demás. Todo esto no me gustaba. No me gustaba nada de mí, ni pasado, presente ni futuro, en ese momento. Y aquí y ahora, de aquella época oscura, conservo una parte de esta autodestrucción que se me hizo callo y, en ciertas ocasiones, no me importa nada de lo que me pueda pasar y tengo a menudo la sospecha amenazadora, como la vocecita de un perturbado mental susurrándome al oído, de que, cuidado, a ver si la gente no estará quedando conmigo por obligación, por el factor pena que pueda desencadenar saber que estoy enferma, y que encima no se puede quedar embarazada, pobrecita, y ahora a ver cómo le digo que yo sí.

Seguro que todo es solo cosa mía y por supuesto que no soy tan importante como para que la gente reflexione sobre nada antes de quedar conmigo, ni siquiera después. Sin embargo, el mismo día en que me alegré de que Mar estuviera embarazada, llegué a casa y me salté la abstemia en un intento de perder el control. Quería dormirme pronto, no pensar y no sentir nada. Naturalmente, no lo conseguí y la culpa se puso el pijama y se acostó a mi lado y me abrazó casi ahogándome por el cuello aquella noche en la que Fran no estaba, y el victimismo se bajó la bragueta y se me puso de pie al otro lado de la cama, y una vez allí me agarró la cabeza con una mano grandísima y violenta para que le hiciera una mamada a la fuerza antes de irse con otra.

Este perturbado mental que me susurra se llama El Juez, me lo explicó Franziska varios años atrás, cuando comenzó a intuir su potencial. ¡No te dejará vivir! —como si la viera—, el juez que tienes es un tirano. Si no aprendes a dominarlo nunca serás feliz, ni un día, no serás feliz por más que vengas a terapia, esto que hacemos, ¡esto no sirve de nada si no adiestras a tu juez!, me bramaba mientras yo intentaba desaparecer bajo aquel cojín que me tapaba las piernas por el frío. Tu juez es un déspota intolerante. Nunca feliz, nada bien, nada suficiente. Era el mismo juez que, con quince años, no me permitía cruzar una plaza si había gente sentada en los bancos, pensando que se reirían de mí. O que me quería hacer retirar todas las palabras inmediatamente después de decirlas, el que me prefería callada e inmóvil con tal de no dar un paso en falso. El mismo juez que me recuerda que el simple hecho de pensar que tal vez doy pena es de una pretensión absoluta. Como veis, paso horas negociando con él para poder hacer una vida normal.

Un día, un mes después de aquella noche en que abusaron de mí todo tipo de pensamientos de autoodio, El Juez casi me mata cuando me enteré de que Mar había perdido la criatura.

Siente el vacío. ¡Aguántate! Un día se me ocurrió responderle a Franziska diciendo que me sentía como si el estómago estuviera siendo absorbido hacia adentro a modo de agujero negro y que, detrás del estómago, iba toda yo. ¡Al vacío del estómago te enfrentas de cara!, me gritaba cosas así. Al miedo, lo miras a los ojos hasta que deje de dar miedo, ¿¡me entiendes!? Haremos un ejercicio, túmbate boca arriba y coge este vaso con una mano. Inspira todo el aire que puedas y sácalo muy lentamente, muy lentamente, verás que vas salivando. La ansiedad se saca por la boca, ¿no lo sabías? ¡No tragues saliva! ¡Escupe! ¡Escupe al vaso! ¡Sobre todo no tragues saliva! Fue un rato incomodísimo. Yo, tan educada y tan finolis y tan pudorosa, válgame dios, cómo quieres que escupa, si yo no había escupido nunca.

Después de aquella sesión, ahora que ya sabía que podía librarme de la ansiedad alegremente a escupitajos, se me ocurrió volver a París. Recordé que varios años atrás un viaje sola me había hecho feliz y en aquellos momentos necesitaba reconectar con la felicidad desesperadamente.

Encontré un vuelo barato y pensé que quizá Elizabeth me dejaría dormir en su sofá pequeñito. Recuerdo que en ese momento fui muy consciente de que para mí Elizabeth, habiéndola visto dos veces en la vida, era alguien a quien tenía muy presente, sin duda idealizada, y que yo, que pensaba en ella día sí día también, para ella no sería prácticamente nada. Con el tiempo he entendido que, en el momento en que la conocí, iba falta de referentes que rompieran con el sopor y Elizabeth superó todas mis expectativas. Me deslumbró. Tocó todas las teclas de una melodía perfecta en el momento perfecto dentro mi mente de criatura. El segundo encuentro fue aún más alucinante de lo que hubiera podido llegar a imaginar. No se me había pasado por la cabeza besarla antes de haberla besado, fue casi una necesidad física. Un impulso nuevo que no sé de dónde salió pero salió de dentro. No sabía que lo deseaba hasta que lo deseé. A veces las cosas van así. Tampoco podía decir que ese beso me definiera o me etiquetara. No estaba segura de que lo que me pasaba fuera enamoramiento; quizá fuera incluso mejor. No sabía aún qué quería de ella, pero su persona me atraía con fuerza y, mira —esto también recuerdo haberlo pensado—, qué perdía si intentaba averiguarlo. Además, lo que fuera que yo sintiera, si lo sentía, era real, ¿no?

No la avisé de que iba, el vuelo salía en dos días y aunque le hubiera querido enviar una carta —que increíblemente era el único medio con el que contaba en pleno siglo XXI para localizarla— pidiéndole el favor, habría llegado yo antes. Además, corría el riesgo de que me dijera que no, o me pusiera alguna excusa. Pensaba que el factor sorpresa jugaría a mi favor. El plan B (siempre tengo un plan B, no sé cómo hay gente que va por el mundo sin un plan B) en este caso era muy poco original porque consistía en ir a dormir al lugar más barato que encontrara libre sin llegar a recurrir a los servicios sociales. En aquella época tampoco tenía un duro, pero me pareció que gastar el poco dinero que tenía en otro viaje a París me sacaría un poco del pozo. Ya os adelanto ahora que no fue así.

Lo primero que hice al bajar del avión fue ir a la librería de Elizabeth, que, por cierto, se llamaba Le Merle Moqueur, que significa El Mirlo Burlón, nombre que me encantaba, al igual que todo lo que rodeaba su personalidad. Pero, oh, estaba cerrada. Entonces me fui a su piso y no me contestó nadie. Luego al bar donde nos habíamos encontrado y nada. Repetí la jugada con el mismo éxito a última hora de la tarde, pero estaba oscureciendo y tuve que buscar un lugar para dormir. Encontré un albergue en Montmartre: cuarenta euros la noche una habitación compartida con desconocidos. Me importaba un pedo todo, así que accedí. De hecho, la otra opción era decirle a un *homeless* que por favor me hiciera sitio en su cartón. Con mi presupuesto, me podía quedar tres noches máximo (hablo del albergue, con el *homeless* supongo que más tiempo), y me parecían más que suficientes, visto el éxito. Fui a dar un paseo por el barrio. Lloré al preguntarme qué hacía paseando sola por París como un niño perdido con aquellas ganas de llorar. Empecé a notar quemazón y presión por el pecho y pensé que debía de ser angustia, por eso decidí volver al albergue escupiendo la ansiedad todo el camino, hasta que me vio una pareja de gendarmes y uno de ellos me dijo *mademoiselle,* no-sé-quémás pero vaya, que aquello no era una cosa que se hiciera por las calles *jolies* de París.

 Cuando llegué a la habitación no había nadie y pude elegir la cama que menos asquete me dio de las dos literas que había (cogí cama de abajo, litera de la derecha), pensando que quizá tuviera suerte y no se llenara aquella noche. Pero al cabo de un rato entró un tipo con la cabeza rapada, una cadena enganchada a los vaqueros de pitillo y unas botas Dr. Martens. Yo me hice la dormida. El tipo se acostó en la cama delante de la mía; cuando abrí los ojos para verlo, él me estaba mirando fijamente, pero aun así no nos dijimos nada. Entonces tuve miedo. Esto medio me alegró: porque quizá no daba del todo igual lo que me pudiera pasar. Quizá no estaba tan deprimida. Después llegó otro hombre, mayor, apestando a alcohol y a roña. Por casualidad se decidió por la litera de arriba de mi compañero de habitación skin. Antes de subir, no obstante, se quitó toda la ropa y al agacharse para descalzarse me dejó verle un primer plano de la huevera por detrás. Sinceramente creo que él no me había visto y que no fue aposta que me estampó *El grito* de Munch en la cara. Al cabo de otra hora entró una tercera persona. También un chico, este joven y obeso. No es una apreciación subjetiva. Tenía cierta dificultad para moverse y todo. Debía de pesar mil ciento sesenta kilos y solo estaba libre la cama encima de la mía. La litera raquítica se tambaleó durante los cinco minutos que tardó en subirse. Yo cogí la libreta que llevaba y a oscuras escribí una nota breve de despedida a mi hermana: «Si me muero hoy de manera trágica e imbécil, Lali, debes saber que tú has sido mi persona preferida y que, seguramente, me lo tengo bien merecido», no fuera a ser. Vista mi trayectoria, era bastante probable que mi vida terminara coronada con el premio Darwin a la muerte más absurda del año: aplastada en la litera de abajo de un albergue de Montmartre por un francés obeso, junto a un skin y a un borracho cincuentón y desnudo, deprimida y sola y, ah, sí, enferma, que era la última adquisición en etiquetas y que aún no me había acostumbrado a usar.

Pero contra todo pronóstico por la mañana me desperté y no me había pasado nada. Repetí la operación del día anterior con la esperanza, ahora sí, de que estuviera abierto Le Merle Moqueur. Y lo estaba, pero ella no estaba dentro. Quien interpreté que debía de ser la señora Gladys me dijo que Elizabeth se había ido de viaje, a Barcelona. Yo no me lo podía creer, y no le había dado una dirección ni un mail ni un teléfono, aunque, si lo hubiera hecho, me habría decepcionado al comprobar que muy probablemente ella no me habría intentado contactar. El viaje, sabiendo ya que era imposible verla, perdió casi todo el sentido. Intenté hacer cosas que durante el Erasmus me hacían feliz: reencontrar a gente que sabía que estaría pintando en tal plaza, tocando en tal bar. Pero no encontré a nadie. Me habían dejado de pasar cosas emocionantes como las que me pasaban años atrás y creo que no era cosa de la ciudad; creo que en realidad era yo, que ya no era la misma, ni tenía la misma mirada de ilusión ni la misma cara de inocencia.

Comprendí que el trabajo pendiente no estaba en París sino en mi casa. En aquel piso que todavía me resultaba extraño, al igual que la nueva etiqueta. Aquel nuevo estatus de mujer de casi treinta años que vive sola y trabaja por su cuenta pero que, no sabe cómo, como quien dice en una mañana, ha perdido su vida de antes, el amor de antes, el piso en pareja, las ganas de vivir y el futuro que tenía planeado y que tanto prometía. Y cómo gestionar ahora esa pena que sentía, esa rabia y ese miedo. Y cómo aprender a vivir con una nueva etiqueta así de fea, que me quedaba tan mal como un traje demasiado grande. Así mismo me iba el presente.

El caso es que estaba ya sentada en el avión con la sensación de que venía de jugar y perder la final de la Champions. Cuando llegué al aeropuerto de Barcelona me fui directa a buscar el bus que me llevaría hasta plaza Cataluña. Pero durante ese trayecto me estaba meando y, al bajar del aerobús, entré en el primer bar que vi porque ya tenía claro que, si no, no llegaría a casa.

Yo soy de las que pueden viajar tranquilamente una semana entera solo con una mochila, que era lo que llevaba encima en ese momento. El lavabo era unisex y con un solo inodoro. Y entonces me pasó algo que da mucha rabia: el lavabo estaba sucio y, cuando me pasa algo así, lo único que deseo es que, al salir, no haya nadie esperando para que no crea que aquel pitote lo he dejado yo. Evidentemente, al salir había alguien. Iba a soltar la frase ensayada ojo-que-está-muy-sucio, pero me pareció que aquel hombre que estaba esperando para entrar era el hombre más seductor que había visto nunca en persona, teniendo en cuenta que yo no tengo unos gustos *mainstream,* aviso. El tipo llevaba el pelo un poco largo, un poco despeinado, se notaba que lo había tenido rubio. Tenía unos ojos azules alargados que brillaban y ese tipo de sonrisas alrededor de los ojos que se hacen de haber sonreído con los años; era alto, fuerte, grande, con los dientes blancos y los labios rojos. Llevaba un jersey verde oscuro con el cuello muy ancho que le dejaba ver la piel del pecho y de la clavícula solo un poco arrugada. No sé cuántos segundos pasaron desde que salí del inodoro más pestilente de la ronda Sant Pere hasta que pude abrir la boca, plantada delante de aquel pedazo de hombre que esperaba educadamente como queriendo decir apártate, para soltar flojísimo, casi hacia dentro, está-muy-sucio y dejarle paso.

Al salir, roja como un pimiento, fui a pedir un café, que, aunque tuviera ansiedad, lo necesitaba porque también tenía la presión baja. Y no pude evitar recordar una de las frases fantasmagóricas del *coach* que me había dado mucha rabia en su momento, y que afirmaba que la vida te pone delante a las mismas personas o tipo de personas una y otra vez hasta que aprendes lo que tengas que aprender, al darme cuenta de que allí estaba ella, sola en una mesa, en un rincón de aquel bar insípido, para obligarme a que me replanteara de nuevo quién sabe qué parte de mi existencia. ¿Elizabeth?

C'est pas possible. Hey, Gina, *tu vas comment?*, me dijo como si fuera, aquella coincidencia, de lo más normal. *Assieds-toi, prends ton café avec moi.* Estaba intentando asimilar la situación cuando Adonis salió del lavabo y se sentó en la misma mesa que nosotras. Qué-estaba-pasando, más allá de que yo me encontrara entre la vida y la muerte por vergüenza.

Estaban de escapada romántica, *c'est pas fantastique?* La vida a veces también mejora, me dijo. Y sí, supongo que tenía razón, aunque yo simultáneamente pensaba que a veces querer conocer a alguien es un error, a veces es mejor quedarte con la utopía, la idealización y la fantasía, que siempre están dentro de lo posible. Se me desmenuzó lo poco que me quedaba de integridad y a pesar de haber intentado no mover un músculo de la cara, creo que se me notó que en algún lugar dentro de mí, entre el corazón y las costillas, una persona desesperada gritaba ¡no! ¡No! No hacía falta aquel dolor en ese momento, y ni siquiera podía entender por qué. Si el amor era otra cosa.

Les expliqué con un francés tímido que durante los seis, casi siete años que hacía que no nos veíamos, había pasado por una especie de noche, un periplo incómodo, una travesía por el desierto: la historia con Fran, los primeros síntomas, la ruptura, mi piso sola, la desorientación vital, el probable diagnóstico y toda la incertidumbre del mundo que llevaba calada en los huesos. Cuando acabé de hablar, ella me dijo cenemos juntas, no me voy hasta mañana y tengo ganas de saber más. Yuju.

Quedamos en un restaurante pequeño y acogedor del Gótico, cerca del hotel donde se alojaban. Me gustó que nos sentasen junto a una pared de piedra vista. Me explicó que a Hilke (así se llamaba el hombre más guapo del mundo) lo había conocido en la librería. Era un cliente nuevo, recién instalado en París proveniente de Copenhague por trabajo. Era fotógrafo. Es muy guapo, le dije. Lo sé, *j'ai des yeux.* Y me volvió a guiñar el ojo. Me alegra que hayas encontrado pareja y no estés tan sola como la última vez. Bueno, pareja, no diría yo tanto —replicó—. Es para dar alegría al cuerpo, antes de que me venga la menopausia y ya no se me quiera acercar nadie. Y se rio fuerte. No digas eso. Hay que estar muy loco para no querer acercarse a ti tengas la edad que tengas. Y entonces se puso seria, como dándose cuenta de que estaba flirteando con ella a otro nivel que no era físico.

En todo caso, allí estaba ella, sentada en la silla de mi derecha, con su corte de pelo *à la garçonne,* ahora más corto y más oscuro, y de hecho parecía más joven que la última vez que la había visto. Llevaba rímel y los labios pintados de un rosa suave. *Tu n'est plus triste, alors?,* le pregunté. Hay una parte de mí que siempre estará triste, Gina, hace mucho que lo está. Hay cosas que ya no sé cómo perdonármelas y heridas que no he sabido curar. La vida no tiene ningún sentido, solo intento que no duela demasiado. Me alimenta el buen comer y el buen beber, la buena música y las buenas conversaciones. ¿Qué más esperas de la vida? ¿Un legado? ¿Un reconocimiento? ¿Una familia feliz? Te puedes pasar la vida entera persiguiendo todo eso y, aunque te parezca que lo has conseguido en algún momento que será sin duda fugaz, siempre se te puede desmontar en cuestión de instantes. Por eso, este momento ahora contigo es más valioso que todos los futuros. Porque es real, es preciso y es cierto, ¿lo entiendes? Yo asentía con la cabeza y la boca medio abierta, mientras pensaba que quizá Elizabeth estaba intentando pasar de puntillas por la vida y eso no me parecía justo, ni para ella ni para la vida.

Yo me había fijado en que, cuando le daba vergüenza decirme algo, me lo decía en catalán (al contrario que yo, que se lo decía en francés).

—Lo último que te vi hacer fue besarme, eh. No te creas que no me acuerdo.

—Me pasé, ¿verdad? —le respondí con serenidad pero me quemaban las mejillas. Sonrió.

—No, no, me gustó. Me hiciste sentir importante. ¿Así que estás enferma? —cambió rápido de asunto.

—Eso dicen, aunque yo me encuentro bien. Tuve un brote algo grave al principio, pero con una dosis absurda de cortisona remitió. Desde entonces, todo bien. Lo único es que me tengo que poner unas inyecciones cada día y duelen un poco, mira —me levanté cuatro dedos la camiseta y le enseñé las marcas de mi barriga, que ella acarició durante un segundo mientras las observaba muy atentamente.

—*C'est pas juste la vie, ma petite.* ¿Y qué planes tienes ahora, de futuro, qué harás? —no me esperaba aquella pregunta. No lo sabía. No tenía.

—La psicoterapeuta me dice que primero tengo que centrarme en respirar todo el rato, comer tres veces al día y dormir ocho horas cada noche y luego todo irá mejor.

—Pues mira, también es verdad.

Salimos a la calle. Era octubre y el frío aún no había ganado del todo. La acompañé hasta la puerta del hotel. Aquella vez sí, nos intercambiamos los mails —al final había sucumbido a hacerse uno— y los teléfonos para que no me volviera a pasar eso de hacer mil kilómetros y no encontrarla. Así mismo me lo dijo.

—*J'aime pas les adieux* —le confesé con las manos en los bolsillos.

—*Moi non plus,* pero nos volveremos a encontrar dentro de seis años más, probablemente. ¡Seguro que te presentas en la librería!

—Piensa que en silla de ruedas no lo tendré tan fácil —le regalé humor negro y se rio fuerte—. *Serre-moi dans tes bras* —fue casi una súplica porque, cuando ella me abrazaba, yo sentía una especie de paz.

—*J'aime pas les femmes, Gina* —me dijo mientras todavía me abrazaba.

—No, si *moi non plus* —y se lo decía en serio, sorprendida yo también. No me gustaban en general, pero ella en particular creo que sí. Creo que bastante.

—Pero tengo ganas de darte un beso ahora, *c'est bizarre, ça, n'est-ce pas?* —me miró los labios, me puso la mano detrás de la oreja y me dio un beso en la boca que supo a primavera en medio de la Plaça del Pi, en medio del otoño—. Tú, ya basta de lamentarse, ¡retoma tu vida! —me gritó mientras yo me alejaba, un poco más valiente, un poco más mayor, un poco más feliz.

Basta de lamentarse. Llevaba esta frase pegada a la nuca desde la noche en que nos despedimos.

Casi como un impulso, cogí el autoinyector y antes de disparar la aguja me repetí la frase mentalmente mientras me miraba en el espejo y el líquido me entraba piel adentro y los ojos se me encendían de rabia e hice algo infantil: dibujé en un DIN-A4 una especie de jeringa en vertical, llena de guías que indicaban el nivel de llenado. Aquel día marqué la primera guía, la de abajo de todo, con un subrayador verde. Así hasta veintiocho, que son los días que me dura el ciclo menstrual. Me imaginé que cuando llegara a la guía de arriba, aquella jeringa ya estaría llena de coraje. Era una metáfora que podía palpar. Cada día, aquel líquido que me inyectaba en el cuerpo iba llenando de fuerza la jeringa de papel.

Aquella semana decidí también empezar a salir a correr, que era algo que no había hecho en la vida. Me había gustado hacer deporte de jovencita, pero correr no. Siempre me había aburrido. Lo que pasa es que esta vez veía una especie de catarsis, una fuga. La fatiga que me causaba la enfermedad solo desaparecía cansándome de verdad; cansándome por fuera y no solo por dentro. Huía de los fantasmas. Corría hasta que me daba cuenta de que me había cambiado el humor. A veces me mareaba al llegar pero estaba alegre, una sensación que casi había olvidado. Por eso me permití reintroducir la música durante la ducha de después. Acto seguido me entraba hambre, lo que me hacía mucho más llevadero el tener que cocinar para mí sola.

Basta de lamentarse. Una única frase de Elizabeth me había cambiado la actitud. A veces no es la frase, sino quién te la dice. Ahora que ya había aprendido la lección, solo temía que la vida no me volviera a poner a Elizabeth delante.

No sé por qué crecí con la idea absurda de que cada decisión, por pequeña que fuera, me cambiaría el futuro sin remedio. Hasta que me di cuenta de que controlamos muy poco el futuro, de que siempre hay una parte incontrolable que nos hará una guarrada en ese lienzo que tan bien creíamos que nos estaba quedando.

La vida la trazamos a pinceladas y, cuando se nos acaba, dejamos un cuadro que va desde lo más bonito hasta lo más horroroso. Un cuadro en el que, si fuera por nosotros, solo pintaríamos margaritas, semicorcheas, caballos salvajes, frutas del bosque, olas mansas del mar, yogures de coco, cosas así. Y entonces viene esta especie de socio torpe y nos ensucia la estampa pintando caras tristes, dolores que no sabes de dónde salen o lo sabes perfectamente, proyectos que te han saltado por los aires, amigos que han dejado de serlo, frases hirientes que no te has sabido desclavar nunca de la costilla y aún escuecen. Puertas cerradas y puertas mal cerradas, enfermedades que no se curan, deseos que no se saben cumplir, desamores grandes como el amor entero.

Y cuando a esta parte incontrolable —llamémosla azar o cosas que pasan o llamémosla vida— le da por hacer lo que quiere de tu lienzo, te ves preguntándote cómo es que ya no consigues estallar en risotadas como antes, qué parte se te ha agrietado mientras no mirabas. Cómo es que todas las cosas que duelen te duelen todas a la vez, o cómo es que en la esquina donde se despiden los amantes tú no te despides nunca de nadie.

Una noche salí sola por Gràcia, tras mucho tiempo sin salir y sintiéndome extraña entre la gente —entre la gente sana— desde aquella conversación de usted. Siempre que quedaba con amigos para ir a tomar una copa, acababa yéndome del bar antes de que me la sirvieran, pero ese día, muy probablemente intoxicada por las endorfinas de mi reciente iniciada actividad física, decidí salir sola. No os voy a engañar, salí a ligar. Se me había dado bien durante una época, años atrás, las cosas como son. Quería volver a enamorarme. Ahora que había aprendido, estaba cansada de vivir sola, de pasar días enteros sin hablar más que con la cajera del súper. Sin que me abrazara nadie.

Fui a un bar cerca de casa que me gustaba y me pedí un ron con hielo. No era algo que pidiera habitualmente (vale, no lo había pedido nunca), pero pensé que era una buena manera de hacerme la interesante. Estando en la barra con mi ron con hielo, me hicieron señales dos chicos desde una mesa, sonriéndome. Eran mayores que yo pero no mucho, quizá tenían unos cuatro o cinco años más, lo digo a ojo, no les pregunté la edad. Uno estaba claramente deprimido. El otro era más simpático: un muchacho grueso, de pelo entre rubio y rojo, con barba y los ojos de un marrón risueño, que se esforzó en hacerme reír aquella noche. Teníamos, incluso, cosas en común: su padre había crecido, ahora fliparéis, en Masdenverge y allí tenía un conjunto de música cuyo nombre me hizo reventar de risa: Llomillo. No fue por el físico, de verdad que no, que cada vez me importaba menos y, de hecho, ese aire de vikingo asalvajado que tenía me gustaba, fue porque en el fondo quería que fuera Fran y no lo era. Ni su voz ni su ingenio ni nuestra conexión antigua.

Así que estuve observándome las ganas de volver con Fran durante un ciclo menstrual entero. Anna y yo, cuando vivíamos juntas y teníamos que decidir cosas, siempre nos preguntábamos en qué parte del ciclo estábamos, «que si con el síndrome premenstrual le quieres en la cama es que te has enamorado pero bien». Estas conversaciones nocturnas con Anna me quedaban ahora a años luz, y también las añoraba en todas las fases del ciclo menstrual y con todas mis fuerzas.

Constaté que a Fran le echaba de menos cada día durante veintiocho días seguidos. Cada día algo durante un rato, a él y a todos sus personajes con quienes también había convivido. (Un día iba por el supermercado y vi a un hombre un poco gordo que no estaba del todo bien, o no hablaba bien, que iba con su madre haciendo la compra y me recordó a uno de los personajes que hacía Fran para hacerme reír pero que en realidad me enternecían y me puse a llorar delante de la sección de los lácteos.)

Volvía a encontrarme ante una de esas decisiones que cambian la historia de la humanidad, una de esas decisiones que haría que hubiera unas personas u otras dando tumbos por el mundo. Porque si después de todo le pedía que volviera conmigo, iba de todas, todas, ¿verdad?

A veces hay que ver las cosas del color que las quieres ver. Ni el otro es del todo lo que parece ni tú tienes la voz tan dulce cuando llegas a casa y no te oye nadie. Pero hay días que necesitas creer en el amor, en el futuro y en las posibilidades.

Hice árboles de decisión y todo bajo la premisa qué-es-lo-peor-que-puede-pasar, tal como me había enseñado Franziska. Aunque más tarde leí un libro de ciencia que asegura que las decisiones se toman ante todo con el corazón y después buscamos todo tipo de razonamientos que las justifiquen para hacernos creer que las hemos tomado con la cabeza. Tiempo después me di cuenta de que aquella, la de volver con él, fue la última decisión que había tomado desde el miedo y de que en realidad lo que en aquel momento había previsto en un árbol de decisión que podría ser lo peor terminó siendo un juego de niños.

Al final me planté por sorpresa (ni él ni yo somos de sorpresas, pero sentía que estaba haciendo algo muy importante, cambiándome el futuro, así que lo de la sorpresa era más bien algo menor) una noche en su piso con un poema que yo misma había escrito aquella tarde, para asegurarme de que se enternecería. Aquella noche dormí en mi excama, que ahora estaba en otra habitación. Porque allí donde dormíamos antes de que yo me fuera, él ya me lo había dicho, ahora había una batería. En el idioma que muy probablemente el *coach* le había enseñado a mi subconsciente, esa batería era el símbolo de un nuevo inicio, de cruzar los límites de ciertas zonas de confort, del por qué no. ¿Me enseñarás a tocarla? Por supuesto.

El poema lo titulé *Ahora que no te necesito*.

Ahora que ya no compadezco las horas que vivo con mi sola compañía,
ahora que ya sé que la cena no se hará sola y la lucha es agonía.
Y tus risas y jolgorio y la música que bailas y estallidos de alegría,
ahora me quedan lejos como tu voz que me guía, como la palabra que callas.

No me has visto llorar ni una vez, ni una noche, ni un solo día
y cuando he sabido vencer —el miedo, el susto, el dolor, la melancolía—
he deshecho el camino a casa y en lugar de la cama he encontrado, mira, una batería.

Ay, amor, qué alegría, ¿verdad que me quieres todavía y me enseñas a tocarla
y hacemos canciones y planes y futuro y las paces
y hacemos, como una dulce danza, hoy, del amor una melodía?

He vuelto, fuerte y valiente, del susto inoportuno, querido mío.
Y me he clavado agujas que me han atravesado el vientre y me han doblado el pecho.
Pero he vuelto, fuerte y valiente y, ahora que no te necesito, es cuando quiero estar contigo.

Cuando Franziska leyó este poema se echó las manos a la cabeza. Cuidado con la culpa, me advirtió mi alemana preferida, que siempre estaba allí para fulminar con una frase el amor romántico (y gracias). No olvides que hiciste lo que creíste que necesitabas hacer, no te sientas nunca culpable, afírmate, no te arrepientas, no tengas nunca miedo de rehacer caminos, de rectificar mil veces más. Mírate las heridas y créete que eres capaz de hacer lo que te propongas. Nunca, nunca te dejes doblar por una palabra más alta que otra, los que más gritan te intentan hacer creer que eres más débil que ellos, ¡no les creas! Si alguna vez un hombre te grita, míralo como a alguien ridículo, siendo ridículo porque lo es. Saca el coraje del pecho —aquí me pegó un golpe en el pecho como si fuera mi entrenador de rugby—, y no permitas que ningún hombre te diga cómo eres, qué sientes, lo que debes hacer. Recuerda que no hay nada más poderoso que una mujer que ha sabido curarse ella sola las heridas (aquí pensé en Lucía). Ah, y da recuerdos a la niña que fuiste de mi parte.

Después de esta frase Franziska me abrazó, la única vez en la vida, la misma única vez que yo rompí a llorar en sus brazos, dando por terminados mis años de psicoterapia.

Ocho

Junio de 2017

Querida Elizabeth:
Hoy un médico de confianza nos ha dicho que es más que probable que me quede embarazada este verano. Ya me han hecho la prueba de la sonda por las trompas y aparte de salir bien y de desmayarme tres veces de camino a casa mientras mi hermana conducía, se ve que aumenta las posibilidades. Así que encaramos los meses de verano con bastantes expectativas. Ya tenemos nombres pensados y

todo, pero no te los diré porque lo que pasó con un primer nombre que teníamos escogido antes es que lo aborrecimos de tanto que tardaba en llegar el momento de ponerlo. Y por eso hemos buscado otros nuevos.

¿Sabes?, al principio de este proceso, una de las cosas que me daba más miedo de tener hijos era dejar de ser yo. He visto amigas transformarse por completo en otra persona después de ser madres. Hablar de manera diferente sobre cosas diferentes. Es exactamente así. Cambiar de prioridades vitales, renunciar a retos —personales, profesionales— para educar a una personita. Sufrir siempre por que no le pase nada malo. Es de locas, si lo piensas. Pero mira, ahora tengo ganas de dejar atrás el yo que conozco y conocer mi yo-madre. A veces pienso que si no soy madre, me quedaré para siempre niña. ¿Tú esto lo has pensado?

Es curioso, no me lo negarás, cómo se dejan atrás los miedos, prácticamente sin darte cuenta. Y se transforman. Me gustaría conocer tus miedos. Y matarlos prácticamente todos, porque eso lo tengo claro: los miedos, o te salvan la vida, o te la ensucian. Y casi siempre te la ensucian.

Un beso,
Gina

Era un miércoles de principios de junio antes del mediodía y yo volvía en el ferrocarril desde Sabadell hacia Barcelona tras reunirme con unos clientes. Se notaba ese olor a principio de verano y, pasando la parada de Bellaterra, pensé qué daría por repetir un día y una noche de diez años atrás con mis compañeras en el piso de la Vila Universitaria. Un jueves de los que comíamos pizza del súper y croquetas congeladas y brindábamos con Lambrusco y reíamos hasta las lágrimas y luego Anna y yo nos quedábamos charlando en el comedor hasta las mil de la madrugada. Qué daría. Solo un día y una noche para revivirlos exactamente igual.

Y mientras pensaba esto comenzó un hormigueo en la punta del dedo índice derecho. Cuando llegué a la estación de ferrocarriles de Gràcia, ya era toda la mano la que estaba dormida. Yo tenía instrucciones de esperarme veinticuatro horas para ver si remitía o si iba a más, en cuyo caso sería un brote.

Acabó siendo el brote que me obligó a tomar la decisión de tener un hijo ahora o no tenerlo porque consideraron que mis conocidísimas inyecciones no me estaban funcionando con la suficiente eficacia. Hacía solo unos meses que Fran y yo volvíamos a dormir juntos. Y sé, lo recuerdo, que en aquel momento pensé suerte que cuando me lo han dicho tengo pareja y es Fran y no prácticamente un desconocido y que él también tiene ganas de ser padre. Si no, imagínate, ¿qué habría hecho ahora?

Dos meses más tarde estábamos haciendo una mudanza descomunal, batería incluida. Arturo nos preguntaba si aquella tortuga que tenía sobre las dos manos abiertas era nuestra.

Nueve

Julio de 2017

Querida Elizabeth:
También podría ser que la soledad la lleve yo dentro. Esto lo pensé esta semana. Quizá haya otras mujeres que llevan un bebé y yo en el vientre llevo una inmensa bolsa de vacío. Y de ahí todo.

Es tan fácil, Elizabeth, quejarse y lamentarse y autocompadecerse que quiero resistirme. ¿Verdad que me entiendes? Tú en algún momento decidiste que no querías hijos. Admiro la capacidad que tuviste de escoger que no querías. Creo que yo también habría podido decidir lo mismo, de verdad, porque si me conocieras más sabrías que no he estado nunca rodeada de criaturas, ni tan siquiera sé cómo hablarles y no entiendo cómo es que la mayoría de las personas les hablan de una manera tan exagerada. Pero escoger nunca es muy difícil. Yo no supe nunca. Y en cambio ahora, ahora me pasa que no sé qué hacer con tantas ganas como tengo acumuladas, con esta necesidad casi física que tengo de parir, no sé qué hacer con tanto amor como me sobra y que no es de nadie porque no tiene otra forma que la de un hijo; y me falta un hijo para dárselo.

En fin. Perdóname la tristeza. Un beso,
Gina

Yo fui una niña-señora. Una niña con sensatez y autorreprimida desde que tengo memoria y se ve que desde antes y todo. Una vez, tendría dos años, mi padre se bajó del coche un momento a hablar con no sé quién de la calle y yo me quedé dentro. Me entró pipí y ya no llevaba pañal y lo que hice —esto me lo han contado— fue ponerme de pie sobre la alfombrilla del coche para no ensuciar el asiento. Como si hubiera nacido con el conocimiento innato de que las alfombrillas son mucho más fáciles de limpiar que los asientos.

Era una niña prudente que callaba en general, pero sobre todo si mi padre me dirigía una mirada que quería decir calla, que era a menudo, si alguien en una mesa gritaba más que yo, y me callaba si cualquiera, en cualquier momento, decidía interrumpirme mientras yo hablaba.

Y también, por ejemplo, si en la clase había dos que se enviaban notitas, yo sufría por que no los pillara la profesora. Cuando teníamos trece o catorce años y todas las amigas de clase se conjuraban para decir en casa que nos llevaba la madre de tal o la madre de cual al cine y luego nos pasaban a buscar, pero en realidad el plan era ir a una fiesta de los mayores del instituto o algo por el estilo, yo era incapaz de mentir a mi madre. Me ponía enferma si tenía que mentir. Esto todavía me pasa.

En fin, que siempre he sido intensita, pero de piel adentro. Como constreñida. Y no porque lo haya elegido así, sino más bien por una imposibilidad diría que casi física de dejar salir la voz en ciertos momentos. Franziska ya me lo decía: ¡no te afirmas! No sabes poner límites. No sabes dónde acabas. Y esto me tocaba bastante la moral porque era verdad y no sabía cómo arreglarlo. Ella me decía: di igualmente lo que piensas aunque sea con miedo. Pero yo no acababa de conseguirlo del todo. Y, si alguna vez lo hacía, si osaba lanzarme a decir un comentario gracioso que luego no reía nadie, si me equivocaba en público, si replicaba con una decisión visiblemente poco firme un argumento con el que no estaba de acuerdo, si enviaba un mensaje similar al amor a alguien que no me respondía, me caía todo el peso de la vergüenza y de la autodestrucción, las ganas de esconder la cabeza bajo tierra y que vertieran toneladas y toneladas de heces para que me cubriesen la insoportable inseguridad y me preguntaba dónde estaba esa cosa que yo veía que las otras personas sí tenían, algunas en exceso incluso, que se llamaba autoestima. ¿Por qué a mí me había pasado de largo?

Hay personas que siempre, como primer impulso —y a veces como único—, echan las culpas de todo a otras y van así por la vida hasta el final de sus días. Que creen que las desgracias les pasan exclusivamente por mala suerte, que un día se encuentran que están solos y creen, de verdad, que es por simple mala fortuna, por casualidad, y no se hacen nunca responsables de sus actos ni de sus decisiones. Pues a mí me pasa exactamente lo contrario: tiendo a acumular culpas y responsabilidades que no me corresponden. Porque yo, además, siempre he arrastrado, sin poderlo evitar, una sensibilidad absurda en los momentos que normalmente pasarían inadvertidos. Por ejemplo, cuando las amigas de clase se repartían los papeles para decidir cuál de las Spice Girls eran y se aprendían el baile a la hora del patio, yo tarareaba Roy Orbison y pensaba que ojalá tuviera una voz bonita para poder cantar, que no la tengo, o que algún día escribiría poemas y nadie se reiría de mí por hacerlo. Y así, todavía hoy, cuando cojo un bus al atardecer y en los auriculares suena Roy Orbison o Richard Hawley o Micah P. Hinson la mirada se me llena de trascendencia como si ese bus me tuviera que llevar hacia la verdad, hacia la justicia, hacia la paz mundial o hacia el yo también te quiero que no me acabó de llegar nunca, aunque lo más seguro es que solo me lleve hasta Sant Carles de la Ràpita.

Como decía, yo siempre he funcionado más o menos de esta manera, como una asocial a quien la vida le pasaba casi por completo de piel adentro, pensamientos adentro, bastante al margen de los demás, con temporadas un poco más persona y otras un poco más bacteria. Menos el otro día, que estaba decidiendo ante la nevera del súper si camembert o mozzarella cuando sentí que a mi espalda alguien decía: «¿A ver, niña?». Ah. Era a mí, que me apartara de en medio. Quien lo había pronunciado era una señora, sobre los sesenta, que iba acompañada de su marido, interpreto, un señor de esos que tienen más papada que cara, que se notaba que hacía muchos años que tenía un buen trabajo, un cargo importante. Eso se nota, ¿verdad? La forma en que cierta gente va por la vida, que andan un tanto por encima de los demás. Era este tipo de matrimonio y ella me dijo a ver, niña, porque estos primeros *rounds* se ve que los lucha la señora. Él, se entiende, si es poca cosa no se pone y por supuesto que yo era poca cosa.

Normalmente, me habría apartado y habría pensado i vir, niñi, y ya está. Pero me cogió que venía de discutir con Fran porque al día siguiente teníamos visita al ginecólogo para empezar a hablar de posibles tratamientos de fertilidad y yo había dado por hecho que íbamos y él que no, porque aquel médico no le había dado buena impresión. Y entonces le solté la frase de que aquí quien se tiene que pinchar soy yo y ya voy un año tarde y la discusión alcanzó cotas inimaginables de desprecio y de decibelios muy por encima de los niveles que mi sensibilidad absurda es capaz de soportar; y estaba cansada, pero tuve que ir igualmente a comprar y, cuando llegara a casa, pincharme. Y una señora que llevaba un exceso de perfume y que iba acompañada de una especie de morsa me había dicho que a ver, niña, con otro tipo de desprecio, que ni se dignó introducir un verbo de acción porque se daba por supuesto que con el tono impertinente yo ya tenía que entender qué quería.

Y dígame, ¿a partir de qué edad se supone que no seré una niña? ¿Me ha visto un chupete en la boca tal vez, señora? ¿Qué pasa, que hasta que no vamos acompañadas de un señoro con corbata como el suyo no se nos puede tratar de mujeres o qué? ¿Qué significa este paternalismo? Vale, enloquecí. Imaginé, en ese momento, que yo debía de ser como una botella de Coca-Cola de esas de litro y medio y que la vida me había estado agitando, para aquí y para allá y a veces con furia, y ahora aquella señora me había destapado. Desde un segundo plano, me miraban otras mujeres jóvenes que iban haciendo que sí con la cabeza y media sonrisa, y otras personas de esas que no se quieren meter nunca en líos ni implicarse en nada, equidistantes, me parece que se llaman, que me iban mirando de reojo y sujetando a las criaturas como para que no se acercaran a mí. No fuera a ser que me diera por sacarme el tampón en medio de los congelados y tirárselo a la cara. Era, por su mirada de estupefacción, muy evidente que aquella señora y su consorte nunca nunca habían sido puestos en entredicho ante una insolencia, terreno en el que se debían de sentir de lo más a gusto. ¡Uy, qué muchacha más sinvergüenza! En este segundo *round* ya entró él en acción, porque claro, en el mundo de los patriarcas las mujeres no se saben defender. No, señor. No soy ninguna niña ni ninguna muchacha. Sinvergüenza, cada vez más, no se lo voy a negar. Soy una mujer, hace años que soy una mujer. Soy solvente, autónoma e independiente con formación de sobra y ni usted ni su señora ni nadie está por encima de mí para juzgarme ni

decirme qué o quién soy. ¿Ha quedado claro? Vámonos, Mercedes, que esta niña no está bien del perol.
Esto último ya no me importó.

Diez

Agosto de 2017

Querida Elizabeth:
Este era el último mes de margen, el mes que debía haber sido que sí, pero también ha sido que no. Mira por dónde. Hoy nos han confirmado que en octubre podremos empezar a probar suerte con las primeras inseminaciones. Ahora, sin embargo, discutimos por qué médico nos va a visitar. Lejos de unirnos, esta pena en común nos ha distanciado. Somos dos extraños en una preciosa casa compartida frente al mar. Somos una no conversación. Somos tabú, somos silencio. Somos diferentes y hemos dejado de reír, que era, cada vez lo veo más claro, lo único que nos unía. Bueno, y la idea del grupo de folk, que nos hace ilusión a los dos pero cada vez menos.
  Este verano la fatiga se ha portado mal conmigo. Es uno de los síntomas de la enfermedad. Cuando te hablan de fatiga, imaginas cansancio. Hasta que un día tienes fatiga y lo entiendes: era eso. Cuando tienes fatiga, no puedes coger el móvil con las manos tumbada en la cama porque pesa demasiado. No te puedes levantar a abrir la nevera para comer algo y ver si así recuperas. No puedes dormir porque estás demasiado cansada. Es como si tuvieras cansados los órganos. Estás tan cansada que tienes ganas de llorar, de vomitar. La fatiga, me dicen, se combate haciendo ejercicio, cansándote de verdad. Y eso he intentado hacer este verano, aprovechando que ahora vivimos en medio de la naturaleza.

Hay un muro que bordea un camino de rocas y playa que comienza en mi jardín. Y ese trayecto yo lo he hecho medio corriendo medio gambeteando varias veces, y ha sido bonito como hacer un poema. El problema, este verano, ha sido que, si iba a correr, luego venía la fatiga como una ola y me dejaba KO en el sofá o en la cama. O si limpiaba la casa, lo mismo, o si tocaba la batería o si a veces, solo con que me despertara de mal humor, la fatiga ya ganaba, y claro.

Pero recuerdo que, hace unos años, gané yo. Una tarde de octubre, en aquella época en que viví sola tras el diagnóstico, pasé por la Plaça del Nord de camino a casa, por delante de los Lluïsos de Gràcia. Allí había un montón de chicas de unos quince o dieciséis años entrenando, equipadas con ropa de baloncesto, dando vueltas a la plaza. A mí me pareció que yo podía ser una de ellas, no solo porque hacía dos días —dos días contados— que tenía quince años y no sé qué ha pasado que ya no voy al instituto, sino que yo también había entrenado a baloncesto durante mucho tiempo de jovencita. Y por poco me ahogo de la frustración que me causó pensar que ya no podría volver a correr o a jugar al baloncesto porque mira ahora: llevaba treinta minutos intentando llegar a casa desde el metro cuando en realidad solo estaba a diez minutos a pie.

Y entonces recordé tus palabras, Elizabeth: basta de lamentarse, recupera la vida. Y cuando llegué a casa me puse unas zapatillas y salí a correr. Y ese día gané yo.

Quiero decir que hay precedentes de victoria, podría volver a ganar.

Un beso, Elizabeth, guapa.

Gina

Todos los cambios están precedidos por el caos. Esto es lo que decía un cuadro en inglés que yo misma diseñé (copié), imprimí, enmarqué y colgué en una pared de mi piso durante el primer Ascenso a Saturno. Digo el primero porque claramente hubo un segundo.

Recuerdo haberle dicho a Fran, en una de nuestras últimas discusiones, que si tenía que elegir prefería ser madre a ser la pareja de alguien. Este fue uno de los puntos de no retorno y ambos lo supimos en el acto. El caso es que en aquel momento era verdad y hay veces en las que no se puede sino aplicar esa máxima: verdad o nada.

En aquellos días, cuando aún estábamos juntos, me habría agarrado a cualquier cosa que me permitiera salvar el ideal que me había montado en la cabeza: Fran y su música y yo y los libros que conseguiría traducir una vez hubiera podido entrar en el mundo de la traducción literaria y nuestra criatura creciendo feliz entre guitarras, libros, risas, el grupo de folk de sus padres, el jardín para jugar, el mar a dos pasos para respirar. Dentro de mi cabeza era perfecto pero la realidad nos abofeteaba cada día. Hasta que un día lo vi escrito en luces de neón de color fucsia: esto no funcionará, y no funcionará porque ya no funciona ahora. Porque cada día estamos más lejos el uno del otro y nos alejamos en direcciones contrarias como dos estrellas que coincidieron en un mismo punto del universo pero ahora las fricciones las obligan a expandirse hacia dos infinitos opuestos. Me parece que fue algo así lo que escribí en una libreta una de esas noches en las que preferí dormir en el sofá.

Franziska tenía razón años atrás: te vas al futuro, te vas a vivir vidas que de momento no son y no sabes si nunca serán. ¿Cuál es la realidad ahora? ¿Cómo te sientes ahora? ¿Puedes saber cómo te sentirás mañana? ¿Y el mes que viene? ¿Y ahora qué tienes y qué quieres? ¿Eres lo que piensas o eres lo que haces? Todas estas preguntas que ella me inoculó durante sesiones y sesiones de psicoterapia iban aflorando con mucha fuerza aquellos días.

Lo cierto es que nada de aquello era real: ni yo estaba embarazada, ni juntos teníamos un grupo de folk, ni él grababa discos, ni yo traducía libros. Y la posibilidad de un hijo no hacía más que poner en evidencia nuestras diferencias, lejos de suavizarlas. Y quien tiene hijos para solucionar la relación de pareja que sepa que se equivoca gravemente. A saber hasta qué punto no quería yo un hijo para dar salida a todo el amor que ya no le tenía a él.

Lo único real, la única certeza, es lo que sentimos dentro del pecho.

Once

Septiembre de 2017

Querida Elizabeth:
El pasado viernes por la tarde, mientras Sonia me esperaba con una Moritz en la mesa, yo me estaba haciendo un test de embarazo en un lavabo mierdoso de un bar cualquiera de Gràcia. Me había hecho decenas en el último año, pero ese día me temblaban las manos. Cuando me di cuenta de que era de pánico ante la posibilidad de un positivo, lloré con el test de embarazo meado todavía en la mano derecha.

Tiré de la cadena y aquel lavabo se llevó también mi futuro con Fran.

Gina

«Y siempre este peso de no quererte. De dejarte para lo último, y dejar que alguien diferente a ti tenga un control capaz de destruirte.» Hacía años que Franziska me había hecho imaginar una burbuja transparente, de un material blando, dentro de la cual yo iba tirando y caminaba por la calle o me estaba en casa e imagínatelo, imagínate, decía, que todas las agresiones se quedan fuera de esta burbuja, y a ti te traspasarán solo los rayos de luz, pero no te llegarán a pinchar las lanzas. Ella se esforzaba, tengo que decir. La falta de mérito era más bien mía. La burbuja tenía esta parte buena pero también un inconveniente, este más grave: me forzaba a estar sola siempre, porque si nadie podía entrar a hacer el mal, tampoco podía entrar a hacer el bien. Al final mi pisito de Gràcia se convirtió en la extensión de aquella burbuja y de mi soledad. Y cuando entraba, allí no había nadie más. Solo las sombras me habían seguido y se me colaban orejas adentro y por el espacio que hay entre los ojos y los párpados y se me acomodaban en el pecho para no dejarme comer, ni dormir, ni llorar, ni moverme.

Tras la ruptura con Fran volví a vivir a este piso. Volví a una especie de silencio, a divagar por debajo del agua de un océano suficientemente profundo. Pude sentir de lejos, pero sentir al fin y al cabo, el olor que habían dejado aquellas sombras y el regusto del aliento de los fantasmas. Tuve tentaciones de volver a la oscuridad del lavabo y sentarme en el suelo y en algún momento la decencia ya aparecería para levantarme. Hubo días en que me desperté antes que la madrugada y, paralizada, me quedé mirando el techo en una especie de bucle que me impedía afrontar el día como una persona normal horas y horas y horas y solté algún grito que no me terminó de salir hacia fuera y que por tanto no oyó nadie pero decía, hey, cómo vas, yo, así-así.

Además de estas tentaciones de tirarme pozo abajo al reencontrarme cara a cara con una mala época de mi pasado tan similar a esta de ahora, tuve la sensación de que había vivido diez vidas, a mi corta edad. Que la época en que aprendía a montar en bicicleta por las calles de la urbanización de mis abuelos, la época en que en casa acabábamos el año con Joanet y sus padres, la época en que aprendía francés sola para poder escribirle yo misma a Hélène las cartas durante el invierno, la época en que Roger Garrigós hacía de dj y yo de camarera en aquel bar de La Ràpita donde sonaban Billy Bragg y Lou Reed, la época en la Vila Universitaria con mis compañeras de piso, y también la época por París con Lucía, me parecían otras vidas en otros mundos, que le habían pasado a otra persona que no era yo. Incluso, aunque estaba reciente, ya no estaba segura de no haber soñado la época con Fran en la urbanización donde crecí, la casa frente al mar, el hijo que estábamos buscando, nuestro grupo de folk con banjo y batería, el invierno cerca de la chimenea y mi vamos a pincharme y luego empiezo a hacer la cena y algún ataque de risa justo antes de dormirme. Porque ahora estaba aquí, en el mismo piso de años atrás, y me volvía a pinchar sola y no tenía ningún hijo.

Ahora esta época con Fran, me gustara o no, ya formaba parte de las cosas que no vuelven. El pasado se te escabulle de una manera inevitable y brutal y cruel. Si pudiera alargar el brazo y acariciar aunque fuera por unos segundos breves alguna de estas etapas para recordar que todo esto lo he vivido yo de verdad, creedme que lo haría. Miraría atrás y a toda esta gente que ha construido etapas conmigo, le diría que gracias y que les quiero y que ahora no sé quién soy. Y de golpe en este pensamiento entendí lo que me había dicho Elizabeth aquella noche cenando en su piso: un día no sabrás quién eres. Pensé entonces en ella y eso me llevó a buscar la libreta que arrastraba once años atrás por París, para ver qué había escrito. Allí se me plantó la frase: «A veces es demasiado tarde cuando te das cuenta de que lo que has estado buscando lo tenías justo delante de las narices, y otras veces no». La idea de perderme el amor de mi vida —si es que semejante cosa existe de verdad— por llegar tarde o por no atreverme siempre me había aterrado, igual que me aterraba ahora asumir que a Elizabeth la había tenido delante prácticamente desde siempre y no me había hecho mayor lo suficientemente rápido como para saber qué me pasaba. Escribí, en esa misma libreta, te guardaré para otra vida. Una vida siguiente en la que te buscaré desde el principio y te convenceré de que te gustan las mujeres, sin duda te gusto yo, las demás me da igual si no (de hecho, mejor para mí que no, porque a mí también solo me gustas tú), y que, en otra vida, lo haré mejor y antes. Y por unos momentos, créeme que me llegué a creer que, en el remoto caso de que esto fuera así, si volviera a nacer en otra época, en otro planeta y otra galaxia con otras leyes de la física o en otra dimensión, me acordaría de ella, de su rostro y su aroma y su manera de hacer y de decir y de moverse y del timbre de su voz, de su boca grande, sus manos alargadas, sus ojos rasgados del color de la miel, el flequillo mal cortado que llevaba y el tacto de su mejilla un día que se dejó acariciar.

Lo primero que hice nada más reinstalarme en el piso de Gràcia fue irme de viaje. Como para contemplar la vida con un poco de distancia. Para buscar el mapa del tesoro que me revelara cuál era el plan ahora. No negaré que el primer impulso fue irme a París y perseguir una vez más a Elizabeth. Pero recordé que hacer cosas que no había hecho nunca me había ayudado en el primer Ascenso a Saturno, y todo apuntaba a que ese era el segundo. Así que, al autoprohibirme volver a París, lo único que se me ocurrió fue ir a Copenhague, que era el segundo lugar más cercano a Elizabeth que podía relacionar (por lo de aquel novio guapo que tuvo y que aún debe de estar pensando que aquel baño tan sucio lo había dejado yo), aparte de Masdenverge, que, ahora que lo pienso, también me habría servido como lugar para desconectar.

Quizá a Franziska le explicaría, si pudiera quedar con ella ahora, que lo he vuelto a hacer: prepararme una maleta y el ordenador y marcharme de casa una vez más, preguntándome qué parte de mí se me rebela y huye una y otra vez cuando estoy a punto de alcanzar lo que estaba buscando. Lo he intentado, le diría, te lo juro que esta vez he estado a punto de conseguirlo. He acariciado con los dedos una vida adulta, formal, familiar. Pero se me despertó, lo digo sinceramente, una especie de revolución interior. Un cara a cara con el momento de la honestidad conmigo misma, la hora de las verdades, la hora del no autoengaño. Y mi relación de pareja con Fran no pasó el test de estrés. No lo pasó ni de lejos.

En Copenhague hay una cadena de supermercados llamados Normal donde venden todo tipo de cosas para la higiene y la cosmética. Me pareció un nombre modesto y, por tanto, ya tenía mucho ganado. El supermercado en sí también me pareció que —lo pensaba con la potestad que me daba haber pasado cuatro días en el país— definía a los daneses en general: sobresalen, pero son modestos. Por eso sobresalen aún más. En condiciones normales no habría entrado, porque yo paso bastante de cremitas y pintaúñas, pero lo hice, quién sabe si por curiosidad o si por el mecanismo que se me activa de manera automática y por el cual en circunstancias de desorientación emocional hago cosas que no haría habitualmente. Como, por ejemplo, entrar en un supermercado donde venden todo tipo de productos para la cara y el cuerpo. Fue entonces cuando se me apareció la imagen de Franziska de años atrás otra vez, como si la viera: ¡ponte crema! Me llamaba con aquel acento brusco y sus ojos de color verde violento fuera de sí. Que es una manera de acariciarte, de darte importancia, ¿lo entiendes? Aunque no te apetezca o no te parezca relevante, ¡lo es! ¡A quererte aprenderás poniéndote crema! Y allí me teníais, antes y ahora, untándome la cara sin ganas con la fe lejana de que aquello fuera el inicio del autoamor.

Me ha costado varios años tolerar el silencio y mi única compañía. Y tal vez solo es algo que trae la edad y toda la parafernalia de la cremita no tiene nada que ver, pero allí, sola en una habitación humildísima de hotel de un país frío y completamente desconocido, pensé que podría quedarme durante meses sin hablar con nadie. Y a gusto. Porque todo era nuevo, porque nada me recordaba a casa. Porque ni los olores, ni la música, ni las caras de la gente ni las calles llevaban ningún recuerdo asociado. Y si Franziska me preguntara ahora qué es la vida le diría que la vida es desaprender y recomenzar.

Tanto es así que decidí, entre inquieta e intrigada por intentar entender mi amor obsesivo, idealizado y prolongado en el tiempo hacia Elizabeth, hacer una visita a un bar de chicas que había justo en la misma calle del hotel. Había pasado por delante cada día y cada día había pensado, antes de irte, entra. (Yo a mí me hablo en segunda persona.) Pero la última noche, que es cuando tenía previsto ir, no me encontraba muy bien, me había resfriado, me dolía la garganta, y estuve a punto de pasar de largo. Pero cuando caminaba por la acera de enfrente, vi a dos mujeres besándose en la puerta. Quise tanto que aquellas dos mujeres fuéramos Elizabeth y yo que me pudo la curiosidad y terminé entrando.

Había gente, todo chicas menos una mesa donde había una familia; no había duda de que eran familia porque se parecían mucho: mujer, hombre, hija e hijo, todos adultos. En todo caso, fui directa a la barra a pedir una cerveza con la duda de si todo el mundo ya se habría dado cuenta de que yo no era lesbiana-lesbiana. Me senté sola en la única mesa que había libre y me puse a leer Twitter mientras me bebía el tercio y miraba el panorama de reojo. Todo el mundo me ignoraba. Pero a los veinte minutos se acercó una chica, un poco más joven que yo, alta como un pino de mi jardín (de mi exjardín), toda de negro y de deporte como si acabara de salir de un entrenamiento y con una gorra de béisbol verde. Me invitó a sentarme con ella y su amiga (que también iba toda de negro y de deporte pero no llevaba gorra) y yo acepté la invitación, claro. Volví a practicar mi *hobby* preferido: coger a unas desconocidas por banda y explicarles la vida en verso. Como si ensayara un monólogo. Que si cómo podía ser que un mes antes estaba intentando tener un hijo con un señor en una urbanización perdida por el Delta del Ebro, y ahora estaba en un bar lésbico de Copenhague tratando de averiguar si lo que me pasaba con Elizabeth me podía pasar con cualquier otra mujer, que si esto, que si lo otro, que si la vida eran solo emociones y el intento de controlarlas, qué opinaban ellas.

La que no llevaba gorra me dijo: «¿De verdad es tu primera vez en un bar de chicas?». Y yo contesté que sí, de verdad. Pues lo haces bastante bien. Y no entiendo qué quiso decir con aquello, pero yo, en todo caso, sonreí y me alegré porque a mí las cosas me gusta hacerlas bien. No me dejé invitar a un mojito, que es lo que bebían ellas, porque todavía tenía que clavarme la aguja esa noche y porque coger un avión con resaca no estaba bajo ningún concepto entre las posibilidades. Así que me excusé, no dije cómo me llamaba de apellido para que no me encontraran en Facebook y me fui. Y cuando, ya en la calle, hube andado diez o doce pasos, oigo que me llaman. Era la chica de la gorra, que, por cierto, se llamaba Nathalie, y era, ahora lo veía más claro, la mujer más alta que he visto nunca en persona con diferencia. No, es que pensé que quizá me podrías dar un beso. Mierda (esto solo lo pensé). *You're beautiful,* me dijo mientras yo pensaba mierda. ¿Qué voy a ser beautiful, yo?, volví a solo pensar. Hubo un silencio largo hasta que al final le solté que estaba resfriada —qué bajeza de excusa— y ella me dijo que ella también lo estaba y se quedó así, de nuevo, esperando a que prosiguiera mientras servidora miraba hacia arriba, que casi no llegaba a verle los ojos de tan alta como era. Y a mí, que cuando estoy nerviosa no hago más que decir burradas, cosas absurdas, bromas malas, no se me ocurrió nada más que preguntarle si dentro del bar también era tan alta. Sonrió, y dijo que sí, claro. Claro. Y continuó esperando en silencio a que procediera. Pensé en darle un beso seco, sin lengua ni alma, rápido, infantil, inocente, fraternal y salir corriendo. Si lo hubiera hecho, habría sido porque soy educada —y quizá también un poco idiota— y porque no quería de ninguna manera que aquella chica se sintiera rechazada. Había sido muy amable conmigo. El caso es que, mientras me pasaban varias cosas a la vez por la cabeza, terminé diciéndole que no era ella la persona a quien me apetecía besar, qué pena. Me hubiera gustado que fuera Elizabeth y me daba muy igual que fuera una mujer, un hombre, un chihuahua o un algarrobo quien me estuviera pidiendo el beso, el problema era que no era Elizabeth.

Recuerdo haber tenido una infancia feliz. Recuerdo días de Navidad con mi familia paterna cuando aún venía mi madre, y mis abuelos estaban vivos y mi tía Lourdes, mi madre y mi abuela Maria Teresa estaban en la cocina y siempre hacían una comida muy buena ese día. Y, en el comedor, los hombres y mis primos alborotaban porque era el momento previo a la comida, que es el mejor momento de todos. Quiero decir cuando algo bueno aún no ha pasado. Es el momento de la expectativa. Recuerdo lo bien que olía en ese momento: el olor de la comida que salía de la cocina se mezclaba con el olor de la calefacción encendida y los perfumes que llevaba todo el mundo, que íbamos todos arreglados y endomingados y además eran olores queridos, que es importante, y nos hacíamos fotos y éramos felices, recuerdo, el día de Navidad.

No hay nada que te transporte a otro lugar del pasado como un olor. Te llevará al lugar y al momento exacto, al recuerdo exacto, a la persona exacta. Tiene gracia porque si el día antes pensaba qué bien que en aquel país nada me recordaba a casa, hoy estaba tomando un té en un bar de Copenhague donde la otra gente tomaba un *brunch* y de repente se hizo Navidad. Levanté la cabeza con la ilusión infantil de ver a mis abuelos y a mis padres felices y a mis tíos y primos, todos allí, llegando a la mesa. Pero evidentemente no, no era la mía aquella familia: era otra familia danesa que tenía el mismo olor que la mía el día de Navidad. Los miré, y sobre todo los hombres encajaban. Había un hombre que se parecía a mi padre en la forma de vestir y en el ademán, y un señor que se parecía a mi abuelo.

Me invadió una tristeza profunda mientras los observaba. Eran una familia unida. Faltaba la abuela. Fue cuando me pregunté qué había pasado con la mía, con mi familia: mi padre está solo, mi madre está sola, mi hermana acumula fracasos emocionales porque no sabe (aún) estar sola. Quizá era este también mi destino: estar sola.

Noté algo físico entre el llanto y la risa por dentro, una especie de grieta a medio camino entre la pena y la alegría, una sensación similar a cuando acabas de entender algo doloroso pero importante: debía continuar la familia y lo tenía que hacer yo sola con un donante danés. Allí vi mi familia antes de romperse. Entendí la decisión, sentí la necesidad de romper con dinámicas familiares, con convenciones absurdas según las cuales las mujeres están en la cocina y los hombres alborotan en el comedor. Fue una revelación. Sé que así explicado suena extraño, pero seguro que Franziska lo entendería. A falta de poder hablar con ella, desde que no la veo, lo que hago es imaginar qué me diría. E, igual que lo de la gata que me arañó la frente, imagino que me diría si tú has interpretado esto, es porque estás buscando una excusa para que sea así.

Después de aquel pensamiento sentí un calor en el pecho, una especie de alegría, una paz difícil de explicar. Fue pensar esto y tener que recoger, pagar y marcharme porque ya me salía el avión de vuelta a Barcelona. Pero me levanté de aquella silla con la tranquilidad de quien ha entregado un trabajo a tiempo.

Doce

Octubre de 2017

Querida Elizabeth:
Te escribo desde Barcelona. Mi retorno al Delta solo ha durado un año. Hace dos semanas que volví de Copenhague. Allí me sucedió algo importante, ahora te lo contaré. Después de esta carta de hoy, meteré todos los

textos que te he ido escribiendo en un sobre y te los enviaré.

Los meses que te cuento en estas hojas no han sido precisamente una balsa de aceite y estoy segura de que yo podría brillar un poco más en otras condiciones. Un poco. Y quizá así despertar tu interés, de manera que fuera más similar al interés que yo tengo hacia ti. Ya me entiendes.

Tengo que decir que he vuelto a salir a correr día sí, día no y estoy mejor de la fatiga. Estoy mejor que nunca, de hecho. (Que nunca desde el diagnóstico, quiero decir, porque yo tengo dos nuncas.) Tal vez no me sentaba bien la brisa marina, mira. O quizá es este piso mío en Gràcia ya me vio levantarme una vez y ahora me resulta tan fácil reconstruirme aquí que ya lo hago casi por inercia. ¿Tú cómo estás? Tengo muchas ganas de saber de ti.

Antes de despedirme, no obstante, te tengo que decir algo. ¿Has pensado que hay decisiones que se sienten adentro, en el corazón, y una vez te atrapan sabes que son una buena decisión porque te da placer pensarlas? Pues yo he decidido ser madre soltera. De repente todo encaja. Tengo la profunda sensación de estar en paz ahora mismo, en sintonía entre lo que siento y lo que quiero, que voy en la dirección adecuada. A menudo se palpa esta sensación, tanto cuando se va en dirección errónea como cuando se va en la dirección correcta. El cuerpo lo nota. Desazón o calma. ¿Sabes de qué te hablo?

En todo caso, querida Elizabeth, si decides, ahora que me conoces más, responderme o hacerme una visita, me harás muy feliz.

Un beso,
Gina

*Alça l'aleta, polleta,
no em picaràs, pollastret,
que la xiqueta de Sisco
se casarà amb Joanet.*

[Alza la alita, pollita, / no me picarás, pollito, / que la chiquilla de Sisco / se casará con Joanet.]

Esto me cantaban. Lo cantaban los dos, y era una de las pocas cosas en las que había cuórum de verdad. En otras cosas se ponían de acuerdo porque, en general, mandaba mi padre, pero esta canción la cantaban los dos de corazón.

Cuando era pequeña, mis padres tenían unos amigos que vivían en Sant Pol de Mar y a menudo venían a pasar unos días al pueblo, donde también tenían familia. Las noches de fin de año, por ejemplo, siempre las pasábamos juntos. Ellos venían a nuestra casa a cenar porque nos tenían a Joanet y a mí y no les dejábamos salir de fiesta. Joanet tenía dos años más que yo y a mí me parecía el niño más guapo del planeta. Era tan guapo que parecía dibujado: era moreno, alto, con unos ojos verde turquesa y una sonrisa tierna que te fundías de mirarlo. O al menos así lo recuerdo yo.

A mí me gustaba cuando venían porque, según mis padres y también según los suyos, éramos novietes. Ellos estaban encantados con la idea de que lo fuéramos, porque así, en un futuro, no tendrían que relacionarse con otros consuegros, les parecía fetén continuar quedando los cuatro durante toda la vida, a ver si podían alargar aquella ilusión de que Joanet y yo éramos novietes y nosotros no nos dábamos cuenta nunca de que esto es algo que puedes elegir tú cuando eres mayor.

A mí aquello me parecía bien. Recuerdo que cuando yo tenía unos ocho o nueve años, calculo, por el aspecto que tengo en las fotos, empezó a ser tradición hacernos bailar juntos después de las campanadas una canción lenta en el comedor. Era la época de los primeros cedés y no teníamos mucha variedad musical en casa, así que el espectáculo podía ser amenizado por desde Roy Orbison o Engelbert Humperdinck hasta Simon & Garfunkel, los años en los que tenían ganas de presenciar una versión más decadente mientras ellos venga a reír. Ahora, en casa de mi madre, hay una colección de fotos de Joanet y mías haciendo un intento de baile adulto cogidos de las manos, yo mirándolo con los ojos encendidos de amor, brillantes, sonrientes y pánfilos. Él y sus dos años más mirando a cámara asqueado. No os penséis, Joanet accedía porque era un buenazo. Los dos lo éramos. Éramos dos pedazos de pan a quienes nos decían: tenéis que ser amigos y ahora bailad juntos y ahora a dormir que es tarde y nosotros no replicábamos y fuimos amigos porque nos dijeron que lo fuésemos —es gracioso porque después llegaron mi hermana y su hermano y, ahora no, pero de niños tenían los dos muy mala leche y no se podían ni ver—. A mí, que nos quisieran fastidiar diciendo que éramos novietes no me enfadaba, al contrario, porque Joanet no era como los demás niños. Él no era malo. Cuando nos hicimos adolescentes, que habría sido la época en que podríamos haber empezado a actuar sin el mandato y vigilancia de los adultos todo el tiempo, mis padres se separaron y ellos dejaron de venir al pueblo. Poco después supe que Joan, mi Joanet que tenía que casarse con la chiquilla de Sisco, es decir, conmigo, tenía una novieta. Una novieta de verdad, quiero decir. Una elegida por él. Ahora tienen una niña, preciosa y buenísima, claro. Y están esperando el segundo.

Durante buena parte de la adolescencia y la juventud pensé que acabaría con un chico del perfil de Joan: buena persona, de pocas palabras, inteligente, paciente, afable, de buena familia, del Barça y de convivencia fácil. Pero cuando terminé la carrera y me paré un momento a reflexionar sobre la orografía de mis relaciones, pensé que tal vez no sería este el perfil que me acabaría atrayendo en realidad, muy a mi pesar. A estas alturas de la historia ya había entendido que esto de un-amor-para-toda-la-vida era un privilegio reservado para unos pocos elegidos, entre los que, por supuesto, no estaba yo.

Me pasó que un día, al atardecer, iba a poner coliflor a hervir para cenar y aprovechar para pincharme mientras hervía, pero lo quise hacer con música de fondo, porque, según cómo, el silencio inquieta. Puse el descubrimiento semanal de Spotify, porque era lunes, que es cuando se renueva la lista. Y la primera canción era una versión lentísima de «Jesus, etc.» de Wilco, cantada por Bill Fay. Cuando me quise dar cuenta estaba golpeándome los muslos en el sofá al ritmo de la versión más triste de la canción que mejor nos quedaba a Fran y a mí con la batería y la Fender. Y ahora me daba cuenta de que eso de llevar el ritmo de una canción, que era algo que hacía compulsivamente en la casa frente al mar del Delta, era la primera vez que lo hacía después de haber roto con Fran. Y lloré todas las lágrimas de la ruptura esa misma tarde, quizá porque el pasado es primero un lugar oscuro hasta que el tiempo lo ilumina.

Uno de los muchos caminos que no cogí y que llevaba directamente a otro de mis universos paralelos que se me escurriría entre los dedos y que iría a parar a otra realidad paralela donde yo ya no soy yo.

Debe de haber un mundo en donde la chiquilla de Sisco sí se casó con Joanet, un mundo donde Roger Garrigós y yo todavía nos acariciamos la piel con un dedo y nos reímos de cosas extrañas, otro donde el hijo que tengo con Fran aprende a tocar la guitarra con su padre, incluso otro mundo donde hablo en francés porque me quedé en París intentando que una mujer se medio enamorara de mí, o lo que fuera que me pasaba.

Me calma pensar que habrá tantos universos paralelos para estrenar como quiera, que tengo el poder para cambiar la realidad, para crear un universo tras otro tras otro, cada vez más rico, cada vez más sabio.

Entre la casa del Delta y el viaje a Dinamarca, hubo una minimudanza a mi antiguo pisito del barrio de Gràcia. La parte anfibia de mi cerebro me recomendó mantener el alquiler durante el año que estuve con Fran fuera de Barcelona. La verdad es que era un alquiler barato, comparado con otros en el mismo barrio, y nos venía bien tener un piso en Barcelona, ya que por trabajo tanto Fran como yo teníamos que ir a menudo.

Al principio de volver a la ciudad me pasaba a veces que las personas me parecían cuadros en movimiento. Después de un año de vivir en una urbanización y cruzarme solo con los rostros de nuestros cuatro vecinos, ahora me quedaba mucho rato admirando la diversidad de las caras que me cruzaba, la ropa que llevaban, sus maneras de moverse y de mirar. Además, durante este año había perdido por el camino un poco de mi prisa agónica, pérdida que agradecía. Debo decir, sin embargo, que todo eso me duró poco.

Una de las otras cosas que me dio por hacer en esta época que sin lugar a dudas podemos lanzarnos a llamar el segundo Ascenso a Saturno, fue comprarme colchones. Una locura. Me compré tres en un lapso de veinte días. Recuerdo la cara de estupor de mi hermana la mañana que entró en mi piso y vio tres colchones en medio del comedor. Uno que tienen que pasar a buscar de Amazon, que lo devuelvo porque es durísimo, otro que tiene que pasar a recoger la prima de una chica que se llama África, a quien se lo he vendido por Wallapop, porque si el primero era una mierda, el segundo es mierda y media, la verdad, y este para desempaquetar es el que me voy a quedar, que me lo acaban de traer ahora. Esto si me gusta, claro, Lali, porque el problema de los demás es que no me han gustado y no sé cómo lo hace la gente para comprarse un colchón por internet y saber si es cómodo o no, y si tienes que ir hasta el Ikea para probarlos ya me dirás de dónde sacas el tiempo, y las tiendas del barrio donde venden son carísimas, Lali, y no sé cómo salir de este bucle de ir comprando y devolviendo colchones uno tras otro hasta que al final uno me guste. Y ella me dijo antes de que yo hiperventilara:

—Mira, esto es un poco como los novios. Vas cambiando hasta que al final te quedas uno y hale —aquí levanté las cejas—. Bueno, o ninguno. Perdona, lo he dicho sin pensar. Sabes que te apoyo al máximo.

—¿Y si también me equivoco de donante y luego no me gusta el niño, qué? No lo podré devolver —repliqué, un poco preocupada de verdad.

Y entonces Lali me dijo:

—No querrás devolverlo ni aunque te salga el crío más feo y más corto del mundo, ¿o te crees que si te hubieran hormonado a saco durante nueve meses para cogerle cariño a uno de estos colchones lo habrías querido devolver?

No tenía ningún derecho a irrumpir de nuevo en la vida de Franziska, porque hacía años que habíamos terminado la psicoterapia. Según ella, ya tenía las herramientas para salir adelante por más que la vida me puteara. Por lo tanto, no podía pedirle cita y tampoco podía invitarla a comer porque no éramos amigas (ella no me lo permitía). Pero me moría de ganas de hablar con ella, quería verla y que jugara con la parte más insegura de mi cerebro. Que me preguntara qué es la vida y que me mirara con aquellos ojos verde agresivo esperando mi respuesta como si fuera la respuesta más importante de la historia de la humanidad. Y que me hiciera dudar y me hiciera conversar conmigo misma y afirmarme una vez más ante la decisión más importante —esta sí— de mi humilde existencia.

Lo único que se me ocurrió para satisfacer mis necesidades en aquellos momentos graves fue enviarle un whatsapp y ver qué pasaba. Tanto podía responderme con un «esto no es de mi incumbencia» como «me muero de ganas de saber más» o no responderme, que también habría encajado en su personalidad implacable. Así era ella. Yo no soy de resumir o escatimar palabras escritas, pero pienso que a veces supone un golpe de efecto mejor una frase sencilla, sincera y directa que todo un soliloquio:

—Me he enamorado de la idea de ser madre soltera. Quería que lo supieras.

Me contestó enseguida:

—¿Somos vecinas todavía?

—Más exactamente, lo volvemos a ser.

—Desayunemos de diez quince a diez treinta y cinco mañana en el bar de la última vez —hacía dos años de la última vez, pero yuju.

Franziska me dio dos besos, contenta de verme; grande y brusca como era, me hizo un poco de daño en la cara y todo. Se pidió un cortado con leche de avena y se sacó de un tupper pequeño de color naranja un trozo de pimiento rojo crudo que comenzó a roer. Yo lo encontré normal porque ya sabía que desayunaba aquello. Acto seguido, solemne, me soltó:

—Las palabras que se escogen son importantes. Te lo demostraré con una oración simple: una navaja pasa por encima de un clítoris —yo puse cara de horror total. Continuó—: ¿Lo ves? Las palabras violentan, abrazan, acompañan, animan, aman, asustan. Fíjate qué palabras usaste tú anoche: me he enamorado de la idea de ser madre soltera. ¿Esto es así?

—Ya sabes que yo pienso mucho antes de elegir las palabras —le dije.

—La semántica es importante también; háblame de este enamoramiento. ¿Es fugaz?

—No, no lo es, hace meses que se está incubando la idea. También sabes cómo me enamoro yo, y que me dura años. Que tengo conversaciones que no existen y no puedo dormir porque me desvelan unas películas que no sé si acabaré mirando pero ojalá.

—Del uno al diez, cómo de convencida estás.

—Franziska, es como si de una manera casi física no pudiera hacer otra cosa. De repente sentí la necesidad de romper con el patriarcado inherente de mis ancestros. De no repetir patrón. De acabar con la influencia dominante de la masculinidad familiar. No sé cómo es en otras familias, yo hablo de mi experiencia y ahora necesito mucho que sea de esta manera —me miró como si le acabara de revelar el plan para entrar a robar en el Louvre.

—¿A qué otra seguridad ante una decisión vital lo equiparas? Quiero decir, ¿cuándo te has sentido igual de segura ante una decisión importante?

Y yo ya no sabía si es que había perdido por completo el miedo a las decisiones vitales o si me había cansado de pintar de color blanco universos paralelos o si es que este era realmente mi proyecto de futuro ideal, posiblemente las tres cosas. En todo caso, le dije que ni siquiera la decisión de tener un hijo cuando me lo hicieron decidir los médicos la tuve tan clara como la de ahora de tenerlo sola.

—Te lo digo de verdad que lo siento así —tuve que insistirle porque ella se había quedado como colgada mirando a un punto indeterminado del mostrador lleno de croissantets. Miró el reloj, todavía nos sobraban cinco minutos de la conversación más trascendental de mi vida. Y me dijo:

—Tomar decisiones vitales es muy difícil, te lo condiciona todo, mueves unos hilos que luego se vuelven inamovibles y cambian el destino de la humanidad —me estaba diciendo todo esto porque sabía que yo pensaba así y quería metérseme en el bolsillo, la tenía estudiadísima, pero no sabía adónde me quería llevar. De entrada, parecía que se estaba oponiendo y la idea de que se opusiera me entristecía mucho. Ella no sabía hasta qué punto yo agradecía su apoyo, aunque fuera moral, para llevar mi plan adelante. Lo pensaba hacer igualmente aunque ella no lo aprobara, porque de verdad que a esas alturas era una necesidad casi física, la de ser madre soltera, era el acto de rebeldía definitivo, la afirmación absoluta, el acto de amor por amor a la vida y a la justicia, una manera contundente, además, de hacer frente a la enfermedad porque a más viento más vela, pero me dolía y me entristecía que la decisión que más clara había tenido para el hecho más importante de mi vida y el más bonito del mundo (probablemente, eso dice mi madre) ella no la compartiera—. Así que, Gina —prosiguió—, suficientes dudas tenemos en la vida. Si tienes algo claro, hazlo.

Así era ella. Pragmática. Y me encantaba.

—¡Gina, Gina! —me llamó mientras yo ya me estaba poniendo la chaqueta—. ¿Qué es la vida?

—La vida atrae vida —y todavía se me ocurrió algo más—. La vida es el amor que recibes y el amor que das.

—Preséntamela, cuando la tengas, a la criatura —y me guiñó un ojo.

La cosa va así: buscas *sperm donor Denmark* en Google y el primer resultado que te sale resulta que es la web más popular del mundo en cuanto a donaciones de esperma porque es el único banco de semen que permite aplicar filtros a la hora de escoger donante sin siquiera registrarte. De hecho, lo que me parecía alucinante era que en las clínicas españolas, si te querías inseminar con esperma de un donante, no podías saber nada sobre quién era o cómo era el hombre que te fecundaría. Es decir, yo, que no me presento a un examen si no sé que voy a sacar más de un notable, por qué iba a querer tirarme al vacío con un donante desconocido al que quizá, a saber, le gustan las armas o es uno de esos chicos de los que hacía años me llamaban fea u orejuda.

De repente todo cuadraba. Más, quiero decir. Porque resulta que el país de donde quería que fuera mi donante de esperma tenía una empresa online que te dejaba escoger el color de ojos y de pelo, el peso, la altura, conocer a qué se dedicaba, qué había estudiado, no solo él sino también sus hermanos, sus padres y sus abuelos. Venía acompañado todo de una foto del donante cuando era pequeñito, de una nota de voz, de una carta escrita a mano, de una entrevista en profundidad y de un test de inteligencia emocional.

Os podéis imaginar que se abrió entonces ante mí toda una amalgama apasionantísima de posibilidades. Quiero decir, para obsesionarse y enloquecer. Aquellos tres meses leí, no exagero, alrededor de quinientas entrevistas y miré unas ochocientas fotos de bebés. Tenía las caras de aquellos minivikingos grabadas en la retina y me había aprendido los pseudónimos con que se presentaban en la web danesa. Tenía, incluso, la sensación de conocer en cierto modo a todos aquellos chicos. Algunas noches, no os engaño, los soñaba. Me imaginaba su día a día y, en el ejercicio más frívolo de mi vida, habría ido a tomar un café —o a mirar cómo tomaban un café con sus novias o madres, eso también me hubiera valido— con los cuatro finalistas para acabar de decidir cuál sería el que me acabara inseminando.

Pero eso no era posible, claro. Y, por lo tanto, involucré a mis cuatro personas de más confianza para que me dieran su opinión: mi madre, mi hermana, Anna y Mar. Pensé en volver a pedirle opinión a Franziska, pero enseguida me lo quité de la cabeza.

Evidentemente que también pensé en la opinión de Elizabeth. Una parte de mí se alegraba de que aún no me hubiera contestado la carta porque así no tendría tentaciones de preguntarle qué genes de danesito le gustaban más para fecundarme un óvulo. Tenía tanto poder sobre mí que seguro que acababa escogiendo el que le gustara a ella y eso me asustaba, lo de no elegir libremente, quiero decir. Una voz dentro de mí me repetía que «las decisiones se toman primero con el corazón y luego buscas razonamientos que las justifiquen». Quería que estas personas me dijeran: este, sin duda, y que fuera el que más me enternecía a mí.

Eso me pasaba por pedir opinión. Es lo que me habría dicho Franziska, estoy segura. Otra decisión, esta sí que no me costó nada tomarla, era que el día que me inseminara en casa quería estar sola y hacerlo sola. Y eso que me llovieron todo tipo de propuestas: mi hermana se había ofrecido a hacérmelo ella misma, haciendo gala de su recién estrenado título de Medicina. Y Anna, mi excompañera de piso, me había suplicado que la dejara estar presente en condición de tía primera. Mar había propuesto una especie de ritual, una cena en mi casa con todas las amigas y unas lecturas de Maria-Mercè Marçal. Pero este punto sí lo tenía claro. Esto era algo entre mi futuro hijo y yo y nadie más. Si lo tenía sola, lo tenía sola y quería simbolizarlo de aquella manera.

De pequeña no me gustaba nada la noche. No hay nada que hacer por la noche, cuando eres criatura. Es un lugar oscuro y solitario y vacío, y eso con suerte, porque, si no, lo que puede pasar es que la noche esté poblada de monstruos y miedos. A mí el miedo a la oscuridad me duró pocos años, por suerte, y la noche pronto pasó a ser un lugar aburrido que solo interfería entre yo y el desayuno en el porche y el olor que sale del Delta en verano a primera hora, el azul inocente del cielo, el azul de terciopelo marino, el zumbido de las abejas y el resultado del magnetismo de las rosas. Recuerdo cuando la vida era solo un Nesquik y una madalena por la mañana y todo tenía el aire de lo que aún está por estrenar.

Terminé haciendo las paces con la noche cuando empecé a acabar cansada el día. Ya en el instituto, después de las clases, el baloncesto y la academia de inglés. La noche era igual a mi cama, el caparazón de tortuga donde entraba a esconderme del día. Aunque nunca he sido capaz de dejar de pensar y dormirme. Siempre me he dormido en medio de pensamientos que diría que no me han servido para nada. Bueno, para irme al futuro y preocuparme y dejarme empequeñecer por mi Juez. Y dormir siempre demasiado poco y a veces, eso sí, me daba por escribir palabras de desamor, en un intento de hacerle caso al poeta por aquello de que solo un poema nos puede curar la vida. Eso tiene algo de verdad.

Franziska a menudo me decía que yo le parecía venida de otra época, de cuando los hombres iban con peluca, mallas y casacas de terciopelo con hombreras, de cuando la gente se moría de desamor. Y yo le decía mira, como los periquitos, porque no estaba suficientemente convencida de que no tuviera razón como para llevarle la contraria en serio.

Una vez invertí tres años de encamamiento más o menos periódico con un chico por quien habría sido capaz de negociar un parón general de la rotación de la Tierra en el momento en que a él le hubiera venido bien abrazarme. Y pasó que un mediodía de finales de verano, habiendo atravesado aquellos tres años de no-noviazgo, me dijo que él notaba que yo sentía algo por él y él, por mí, no había sentido nunca nada. Nunca nada. Nunca. Nada. Aún ahora a veces busco la parte de mí que se quedó sin reaccionar sentada en la escalera de su casa negando la realidad.

O la primera vez que me partieron por la mitad; acababa de hacer la primera comunión, que es por otra parte un acto sobre el que me habían estado escondiendo información y que en aquellos momentos desconocía que era opcional, pero eso es otro tema. Íbamos juntos a clase. Yo no entendía qué era eso nuevo que me empujaba a ir feliz cada mañana a la escuela, a sonreír como si alguien desde otro sistema solar tocara algún botón cada vez que nos cruzábamos las miradas y la luz del día brillaba con más fuerza y la actitud de la gente parecía más amable y se ve que aquello era el primer enamoramiento hasta que un día me pusieron gafas y me dijo que no quería jugar más conmigo, ahora que eres fea, Gina. De la cima al pozo sin entender ni siquiera de dónde venía primero la alegría y luego el dolor.

Y no hablo solo de amores románticos, porque los hay más graves. Hubo cuatro días en los que amamanté con biberón a un gatito que adopté, un poco con la esperanza de que me salvara la vida durante la época de los primeros pinchazos y el miedo, la soledad y el odio profundo al futuro, y por poco no me la quita el disgusto cuando el gatito se me murió. El pequeño me enseñó, a mis veintimuchos, que existía otro tipo de amor diferente a los besos con intención pélvica, un amor mucho más generoso y blanco, cuya posibilidad de pérdida no te entra en la cabeza. De ninguna de las maneras.

Tengo que reconocer que hubo un tiempo en que la noche tomó otro ángulo. Hablo de los primeros años con Fran. La hora de acostarse era una hora divertidísima. Si algún día yo tenía la sensación de que me había quedado un poco de risa acumulada, bastaba con que me quedara mirándole como diciendo va, haz el tonto o cuéntame cosas para que me parta. Y él lo captaba enseguida y entonces desplegaba todo su potencial y me dedicaba toda su atención y su voz grave y seductora llenaba la habitación solo interrumpida por mis estallidos de risa y después me gustaba colocarme pegada a su espalda y sentía que allí no me podía pasar nada malo. No sé en qué momento de este último año dejamos de dedicarnos toda esa atención. Es como si aquel él y aquella yo que antes dormían de esta manera nos hubiéramos ido desdibujando, como con una goma de borrar, como si aquel colchón nuestro se hubiera ido ensanchando, ensanchando hasta que el espacio entre su almohada y la mía hubiera sido demasiado ancho para continuar reconociéndonos en la noche.

Ahora volvía a dormir sola y era muy consciente de la decisión que había tomado. Como ya he dicho, me había hecho bastante amiga de las noches a solas. No sé en qué punto había dejado de ver a Fran de la misma manera. Era como si hubiera dejado de ser él y se hubiera transformado en otra persona a la que no sabía echar de menos. Aunque quizá Fran siempre había sido Fran, y muy probablemente era yo quien se había transformado en otra persona que ya no se entendía con Fran.

Tuve tiempo, durante aquellos meses después de reinstalarme en el piso de Gràcia, de irme al futuro, aunque Franziska me lo había prohibido años atrás. Pero motivos para viajar en el espacio-tiempo tenía: fueron unas semanas largas, introspectivas y solitarias, en las que estuve entretenidísima escogiendo donante para llevar a cabo el plan más importante que había tramado nunca. Y a todo esto, no se me iba de la cabeza la posibilidad de que Elizabeth no me contestara a la carta, una carta que contenía los catorce meses más trascendentales de mi vida. Podía perfectamente ocurrir que ella no me escribiera y que no nos viéramos nunca más. Ella podría haber pensado qué loca esta chica y qué quiere, explicándome su vida y todo esto. Pero entonces yo me tenía que enfrentar a un duelo de violencia psicológica contra El Juez y ganarlo para poder hacer la reflexión de que si de verdad ella pensaba esto después de que yo hubiera estado más de un año escribiéndole un diario y prácticamente toda la vida pensando en ella de una o de otra manera, o de una manera que no llegaba a comprender, no merecía que la quisiera tanto. Aunque no estoy segura de que se pueda escoger a quién quieres ni cómo.

Nunca había tenido el amor de Elizabeth, por lo tanto confiaba en que esta vez el amor no me podría destruir. Lo que sí había tenido, o más bien acumulado, era la esperanza, algo incluso más peligroso que el amor, porque cuando la esperanza se va no queda nada más. Y otro detalle, que no creáis que se me pasaba por alto: Elizabeth era una mujer. Pero mira, qué le vamos a hacer. Cosas más difíciles he aprendido a entender. Tienes que ser muy mala persona para no querer a las mujeres, al fin y al cabo, ¿no? Fue ella misma quien me lo enseñó.

Salvo este desasosiego, la vida me empezaba a ir bien y me sentía feliz, coherente, decidida. Y sentirme de acuerdo con la vida era una sensación que, a pesar de que ahora era de un modo distinto, casi no recordaba desde que vivía con mis amigas en la calle Rabassa. Por fin me habían dado un libro para traducir del inglés al catalán, un poemario corto de una autora londinense novel más joven que yo que, encima, me estaba encantando. Me había presentado a una prueba de traducción y por primera vez la había ganado. Bueno, en realidad conseguí que me dieran cuatro pruebas de traducción durante esos dos meses y gané una; y, en los ratos en que no estaba buscando donante danés o corrigiendo traducciones hechas con el traductor de Google en páginas web de clientes, había traducido en total cuatro capítulos de cuatro libros diferentes. Lo hice porque, una vez más, una frase de Franziska me vino a rescatar: recordé que me había advertido cuando yo me quejaba de que si tal cosa no la podía hacer porque no-tengo-tiempo: «¡Sí que tienes tiempo!, lo que pasa es que no le das la importancia que tiene. ¡Si de verdad lo quisieras, encontrarías el tiempo!».

Y en cierto modo, también pasaba que ya había comenzado a pensar por dos, y eso que ni siquiera estaba embarazada todavía. Pero ya sabía que una vez fuera madre, necesitaría ganar más dinero. Y que, ahora ya sí, la vida iba en serio y solo dependía de mí (de mí y de la mala suerte, pero, en fin, ya me entendéis) y prefería dedicarme a hacer lo que me gustaba y, a poder ser, dejar de traducir productos de perfumería y manuales de instrucciones.

Además, hacía tiempo que no estaba tan sola y, en cambio, era cuando menos sola me sentía. El hecho de estar sola no me entristecía en absoluto, ya había aprendido años atrás y me gustaba. Además, me puse objetivos para aquellos meses previos antes de autoembarazarme: me tenía que preparar el cuerpo, ahora que sabía seguro que si se me cansaban los brazos o las piernas no le podría pasar la criatura al padre para que lo aguantara. Así que un día de noviembre me volví a calzar las zapatillas y volví a salir a correr porque quería tener mucha fuerza y que la fatiga no volviera nunca más. Y cuando volvía de correr, no os riais, cogía dos cartones de leche y hacía un rato de pesas. Hacía, además, más de un año que no fumaba y estaba más que sorprendida de ver cómo esas cosas que nunca había hecho por mí ahora las estaba haciendo sin esfuerzo por una persona que aún no existía.

Con todo esto quiero decir que tenía todos los ingredientes para ser feliz a solas: proyectos e ilusiones, paz y actividad, y Elizabeth no me ocupaba tanto espacio mental como en otras temporadas; pero, aun así, pensaba en ella de reojo y abría el buzón cada día, por si acaso. Y, de repente, un día como cualquier otro me llegó un mail. Ves como sí, idiota (El Juez, aunque sea por algo bueno, también te insulta). Claro, ella había optado por la vía inmediata, eficiente, gratuita, moderna y segura que representa el correo electrónico.

Chère Gina:
Es impresionante recibir una carta como la que me has enviado. La he leído tres veces muy atentamente. Tengo muchas ganas de hablar contigo. Yo también tengo novedades. He decidido que me voy a vivir a Masdenverge. No te rías. Remodelaré la casa de mi madre.

El caso es que Gladys, pobrecita, se murió y me dejó a mí la librería en herencia. La puse a la venta por un dineral, Gina, porque en realidad no quería que la compraran, supongo, y pensé, como para conformarme: si la compran por tanto dinero, me monto una casa rural en Masdenverge. Pues mira, al parecer me la han comprado, supongo que para reaprovechar el terreno y poner una tienda de ropa hecha en Malasia y no para continuar vendiendo libros, claro. Qué compromiso.

Pensaba no hacerme caso, como la mayoría de veces, pero mira, ahora resulta que Pierre, mi psicólogo, lo encuentra fantástico. Dice que es como un acto simbólico, no sé si sabes de qué hablo, ya te contaré, pero vaya, que es una buena manera de hacer las paces conmigo misma, volver a los orígenes, redimirme, pedir perdón a mi madre. Ir a cuidar la tierra que ella amaba.

Ya es casualidad y puede que no te lo creas, pero te juro que cuando recibí tu carta hacía días que quería llamarte para contarte esto y para pedirte ayuda, que la necesitaré, teniendo en cuenta que tú eres el único contacto que tengo en el Delta del Ebro, pero ya sabes cómo soy, que procrastino hasta la agonía, y si no lo sabías te lo digo ahora.

Cuando te leí me quedé muy chocada, triste y alegre a la vez, ¿sabes qué quiero decir? Incluso, al principio, estaba ilusionada con que te quedaras embarazada de tu pareja y que formarais el grupo de folk y pudierais comprar la casa, pero a medida que te iba leyendo y a ti te bajaba el entusiasmo, a mí también. De modo que me acabé alegrando de tu nuevo final. Quizá esta carta es lo que necesitaba para decidirme a cambiar París por Masdenverge. Quizá sin tu carta habría pasado diez años más pensándomelo y entonces ya para qué. Que tengo una edad. Bueno, ya lo sabes.

Llego a Barcelona el jueves de la próxima semana (esto es, jueves 21 de diciembre). ¿Vives sola? ¿Me podré quedar en tu piso ese jueves? El viernes ya me iría hacia Masdenverge a reunirme con un arquitecto. Perdona que me autoinvite, puedo ir a un hotel también, pero tengo muchas ganas de hablar mucho rato contigo y así he pensado que tendremos toda la noche.

Contáctame por favor, preferiblemente por una vía más rápida que el correo postal, ejem, y así concretamos.

Un abrazo,
Elizabeth

«Siempre vendrá alguien, y estate preparada porque es muy probable que este alguien sea alguien que te quiere y mucho, a decirte que no podrás. No se dará cuenta pero estará intentando sabotearte por si acaso puedes.» Hacía pocos días que sabía que el futuro que me esperaba podía —podría— ir por el camino de acabar no aguantándome los pedos o apoyada sobre un bastón en el mejor de los casos, cuando Franziska me decía esta frase: «Tu respuesta, y eso grábatelo con sangre, siempre debe ser la misma: quizá no pueda, pero quizá sí». Continuaba: «Tú contéstales que no serás tú quien te digas que no podrás hacer una cosa antes de intentarla. Porque imagínate si sí que puedes y lo has dejado de hacer pensando que no podías». Y a mí me parecía que Franziska era la mejor predicadora del mundo, yo la miraba con la boca un poco abierta e iba diciendo que sí, que claro, con la cabeza. «Puede que dejes de hacer algo porque no te apetezca, te dé pereza, asco, porque vaya en contra de tus principios, porque te violente, pero ¿por si acaso no la puedes hacer? Nunca. Eso ya te lo dirá la vida. Lo único que necesitas de la gente que te quiere es que te diga: adelante, si no llegas te ayudaré. Exactamente igual que a una persona que no tenga ninguna enfermedad. ¿O es que la familia no se ayuda si no hay nadie enfermo?» Ella siempre me decía: ahora es ahora, ¿y ahora puedes caminar? ¿Y correr? ¿Tienes fuerza en los brazos? ¿Te duele algo? Pues ahora lo puedes todo. Quizá incluso lo podrás todo siempre, o quizá algún día no podrás hacer cosas, pero quizá yo tampoco y no por ello dejo de hacer planes. Lo que no te va a quitar nadie, Gina, me decía ella con esa mirada que yo a esas alturas ya había bautizado como la mirada Mònica Terribas, es la capacidad de adaptarte a las circunstancias que te vengan. Esto ya lo tienes. ¿Qué es lo peor que puede pasar? Y yo siempre le decía muy seria: tres cosas: que me despierte y no vea nada —lo que no es habitual, máximo ves doble si has tenido un brote, pero no ver nada, no; en todo caso, a mí eso en aquella época no me lo había explicado nadie—; dos, tener que ir en silla de ruedas empujada por mi madre mientras me limpia la baba por un lado de la cara; y tres, cagarme encima en público. Esta última la decía un poco de verdad, un poco porque sabía que era de las pocas cosas que la hacían romper a reír fuerte a mi querida psicoterapeuta histriónica alemana.

Ahora ya no me asustan estas cosas y supongo que en primer lugar porque de momento no me han pasado y soy muy consciente de que tengo mucha suerte de que no me hayan pasado y, en segundo lugar, porque me he ido dando cuenta con los años de que solo me asusta no hacer las cosas que quiero hacer antes de morirme. Y ser madre es una de estas cosas. Posiblemente, descubrir qué siento por Elizabeth sería otra, pero ese es otro tema. Otro tema que, por cierto, no había hablado nunca con Franziska y, de hecho, con nadie. Pensé que el hecho de que Elizabeth a partir de ahora, si realmente acababa siendo cierto lo que me explicaba en su carta, estuviera más cerca me facilitaría mucho desmitificarla. O todo lo contrario.

Desde jovencita, siempre me había fijado en chicos más mayores. Después en hombres y, más tarde, ya me fijaba directamente en señores. Cada vez mayores. Hacía años que un hombre que me llevara menos de diez años no me interesaba lo más mínimo. No sé por qué. Ni siquiera los veía. Mi primera criba para los hombres, desde hacía una década, no era si guapos o feos, sino más bien interesantes o no interesantes.

Pero cuando empecé a buscar un donante que me fecundara en la página web danesa, me pasó un fenómeno curioso (a pesar de ser consciente de que no era normal, no lo podía evitar): empecé a ver a los hombres por la calle como puro material genético. Sacos de genes que hablaban. Me fijaba, además, y por primera vez en mi vida, en chicos jóvenes, muy jóvenes, sobre los veinte. Una parte primitiva de mí me decía que a los de más de veinticinco no hacía falta ni mirarlos. Moreno, ojos claros, uno ochenta y cinco. Me cuadraría. Tendría que hablarle para ver cómo se expresa. Y así uno detrás de otro mientras paseaba por Gran de Gràcia. No me había fijado nunca tanto en los hombres como durante aquella temporada y, curiosamente, no me fijaba con ninguna intención de aproximarme a ellos, sino por puro análisis genético. Como si fueran ni más ni menos que fichas de aquella página web. Tendría que saber si hay alguna enfermedad hereditaria en su familia, si sus abuelos todavía están vivos y, si no, de qué han muerto. Cuánto miden sus padres y hermanos. Qué ha estudiado y cómo escribe.

Evidentemente, todo esto, trasladado a la vida real, es un absurdo. El amor camufla todos estos filtros y hace bien. De hecho, estoy segura de que he descartado con esta táctica a más de un donante absolutamente encantador e inteligentísimo solo porque el abuelo se le murió de cáncer de páncreas. Es decir, si conoces a un hombre y te enamoras, no le dirás: mira, es que tú tienes unos ojos azules preciosos pero tu padre los tiene marrones y tu hermana también, así que, como el gen de los ojos azules es recesivo, lo más probable es que nuestro hijo salga con ojos marrones, y ya que han de ser marrones prefiero que sean los míos, no los de tu padre, y por esto lo nuestro no puede ser. O tampoco le preguntaríamos cuánto pesó al nacer. Uy, ¿cuatro kilos doscientos? Ni de coña. El chico haría bien en huir sin mirar atrás.

No. Los parámetros habían cambiado. No buscaba a un hombre con quien irme a la cama, buscaba a un hombre a quien parir. No quería amor romántico de un hombre, quería unos buenos genes. No buscaba a ningún hombre que me hiciera compañía o me diera besitos. La simple idea, en aquellos momentos, me horrorizaba. No sabía si aquella sensación acabaría desapareciendo; a mí ahora me daba la impresión de que no, pero como decía Franziska una de las pocas certezas de la vida es que no podemos saber qué pasará en el futuro (las otras dos eran que no podemos volver al pasado y que todos nos moriremos). Y era muy consciente de que quizá, si me enamoraba, algún día tendría ganas de estar con un hombre, volver a tener una pareja masculina, pero también podía muy bien ser que no. En todo caso, otra de las certezas a las que me agarraba era a lo que sentía en aquellos momentos: quería un hijo y hacía más de un año que lo quería, ahora no quería ningún hombre en mi vida y si alguna vez algún hombre (o mujer) se interesaba por mí y yo por él, tendría que ser alguien que pasara por el tamiz de querer estar con una madre soltera y con una enfermedad crónica. Para mí, en aquellos momentos, el amor se parecía más a esto.

Se cerraba una época. Siempre he sabido detectar claramente cuándo se ha cerrado una época de la vida. Me ha pasado muy pocas veces, hasta ahora. La primera, cuando mis padres se separaron, que fue como si hubiera caído una bomba en casa y se hubiera terminado la paz en seco; no sé los divorcios de vuestros padres, pero en nuestra casa duró aquel naufragio lo que dura una guerra. La siguiente época se cerró cuando me despedí de mis compañeras de piso para ir a vivir con Fran. Allá se terminó la juventud y el jijí-jajá, si es que podemos titular toda una época de la vida como la época del jijí-jajá, que yo creo que sí. Y ahora, estaba claro, se acababa la época de callar, de no actuar según lo que me dictara a partir de ahora el cerebro, el cuerpo, el pecho. Porque el tiempo cada vez era más breve y tenía que ser utilizado más sabiamente.

En aquellos días habían prohibido un color, pero este es otro tema que no puedo explicar ahora. En todo caso, digamos que lo habían intentado, porque todo el mundo sabe que es imposible prohibir un color, un sentimiento, un cierto tipo de mirada. El tanque cargado de nitrógeno líquido con el esperma que me llegó era de color amarillo, como el color de moda.

El tiempo a menudo toma dimensiones desconocidas, o si no explicadme cómo puede ser que la angustia que pasé durante la hora y media que duró la confusión de que no recibiría el tanque el martes sino el jueves —y esto podía perfectamente significar que el jueves ya hubiera ovulado y por lo tanto no necesitara las dos pajitas de semen *supreme*— tuviera exactamente la misma duración que los cinco días que vinieron después.

Como decía, lo esperaba un martes, hacia las diez treinta de la mañana. Viendo que habían dado las doce, entré en la web de mensajería para hacer eso de El Seguimiento. Evidentemente, no podía ir todo normal. Constaba en la web que habían tocado el timbre de mi piso y no había abierto nadie la puerta y que harían otro intento de entrega dos días más tarde. Por supuesto, esto era falso porque yo no solo me había despertado a las siete de la mañana, sino que había decidido no entrar a la ducha hasta que vinieran a traérmelo, no fuera a ser, conociendo mi historial, que vinieran justo cuando yo estuviera debajo del agua y no oyera el timbre. Por lo tanto, no era cierto que hubieran venido, y no era una opción válida que el tanque me llegara dos días tarde, porque la ovulación, igual que la primavera, no se puede parar. Una hora y media, tres llamadas y dos Sedatifs más tarde, llegaba un mensajero con mi tanque de hierro amarillo. Aquella hora y media me sirvió para corroborarme el instinto maternal —si es que tal cosa existiere— al imaginar con horror a mi futuro descendiente en manos de un mensajero despistado dentro de una furgoneta costrosa, siendo tratado de cualquier manera. De hecho, con la poca interacción que compartimos, ya tuve suficiente para constatar que era un milagro que aquel esperma hubiera llegado a mis manos. Muy, muy lentamente, el repartidor me preguntó si aquel tanque explotaba.

Desde el momento en que el tanque estuvo en casa, no sé si fueron los átomos de mi cuerpo o los del aire, me pareció el tiempo en mi casa una masa flexible y sinuosa. Fueron días de silencio y minutos y horas y conversaciones sobre la soledad que no mantuve con nadie. Solo yo y ratos de mirar de reojo y de frente a aquel tanque amarillo lleno de nitrógeno líquido, y otros de mirarlo fijamente con la certeza de que ahí estaba la primera migaja de mi hijo o hija. El big bang. Y me reconcomía como se reconcomen los perros para recibir la golosina en forma de osito que les enseña el dueño si dan la patita, como se reconcomen los niños para tirarse a la piscina antes de haber hecho la digestión. Yo me sentaba en el sofá y lo miraba fijamente mucho rato, mucho rato, apenas pensaba. El contenido del tanque era ya una parte de mí que todavía estaba afuera. Y tenía muchas ganas de abrirlo. Tenía ganas como cuando te desvives por besar a alguien y se te pone a cuatro dedos de la boca y entonces, por lo que sea, todavía tienes que esperar sin poder hacerlo. De una manera similar miraba yo el tanque, con el deseo reptiliano de abrirlo y de enviarme el semen vagina arriba.

Pero aquella no fue una semana normal. Fue una semana extraña en la que no necesité ver a nadie, hablar con nadie. Era además una semana festiva, la del puente de diciembre. Acabé trasladando el tanque del comedor a la habitación, no tengo demasiado claro por qué. Y me quedé absurdamente todas las horas en casa, solo salía para correr los veinte minutos de rigor día sí, día no. Preferí custodiarlo, temerosa de que volviera el mensajero y se lo llevara, vete a saber. Había un color prohibido y un ambiente cansado en el país y de derrota afuera de la ventana y fue la semana más extraña del mundo. Quizá por eso no acababa de ovular, cosa que, cómo no, me angustiaba: otra vez aquella ansiedad, que ya era como un gato hosco que decide quedarse a vivir en tu patio y de vez en cuando te molesta. Porque no sé si lo he dicho, pero el tanque tenía siete días de vida; a partir de ahí el nitrógeno ya no tenía por qué seguir congelándome el esperma. Y me hacía tres tests de ovulación al día y el azul seguía siendo tan poco azul como el test anterior. Lo peor que podía pasar, a un día de que caducara el nitrógeno, no era que yo me pusiera el esperma antes del día de la ovulación (que también): era que, al sexto día y no al séptimo, el tanque ya se hubiera estropeado.

La segunda cosa que enrareció la semana fue un nuevo síntoma de la enfermedad que me costó reconocer. Me desperté la noche antes de que me tuviera que llegar el tanque rascándome el brazo derecho. El brazo y el dedo pulgar. Al cabo de tres días, continuaba picándome y tras comprobar que no me había mordido ningún insecto, que no tenía nada en la piel y que, hiciera lo que hiciera, seguía picándome, decidí relacionarlo, gracias a una búsqueda en Google, con la esclerosis múltiple. Ahí lo tienes. Un regalo inesperado. Por más que me rascara, el picor salía de dentro, era falso, como un enemigo invisible, como el amigo imaginario de un esquizofrénico: no es picor, pero tú lo sientes como si te picara. Alteraciones en la sensibilidad de la piel. No es que me preocupara porque yo estaba a punto de pasar de pantalla, mucho más preocupada por el tema de no ovular a tiempo y por tener un tanque de nitrógeno líquido a punto de descongelarse en la mesita de noche.

Ni siquiera se lo expliqué a nadie, pero me picaba y podía ser que me picara durante un año y medio, como cuando se me durmieron la mano derecha y el pie izquierdo. Por suerte, justo esa semana tenía visita con el neurólogo. Fui sola. (Cuando tienes que ir mucho al médico acabas yendo sola.) Aquella vez me atendió una neuróloga a quien no había visto nunca. (De hecho, siempre me atiende un neurólogo al que no he visto nunca.) Le expliqué la parafernalia del tanque y los donantes y también, por encima, que en realidad hacía más de un año que intentaba ser madre. Se apuntó, «por curiosidad, eh, no por tema médico», el nombre de la web danesa. También le expliqué el nuevo síntoma. Y entonces me dijo que volviera en tres meses y si no estaba embarazada, déjalo ya, ¿no, Gina? Aquella frase me hizo daño y me metió prisa y diría que no me hizo ningún bien oírla porque cuando volví a entrar en la boca del metro me parece que alguien me vio llorar.

Fue una semana dura: si en lugar de ser una semana hubiera sido un partido de baloncesto, la Incertidumbre habría ganado de paliza descomunal. Sentí, literalmente, que no controlaba nada. Nada. Que flotaba a merced de la naturaleza, de las fuerzas motrices del planeta, del zumbado que controla mi sistema inmunitario, de las mareas de la luna, del gobierno central, de los mensajeros subcontratados por empresas subcontratadas, de los neurólogos y del tiempo, y lo único que podía controlar era mi mirada fija en el tanque de color amarillo.

La primera película que recuerdo haber visto es *My Girl* —estoy segura de haber visto pelis antes, pero esta es la primera que recuerdo—, protagonizada por Anna Chlumsky y Macaulay Culkin cuando eran dos niños de once años. Aquella peli me fascinó y me destruyó a partes iguales. Yo debía de ser un año o dos más pequeña que los protagonistas cuando la vi. Me identificaba tanto con Vada, tanto. Con la diferencia de que ella era guapísima y lanzada y que yo, afortunadamente, tenía madre. Por lo demás, lo compartía todo: me gustaban los chicos nada populares y me enamoraba de profesores desde siempre. Eso y que vivíamos delante de un tanatorio. Desde la habitación de mis padres, se veía una ranura de vidriera del techo del tanatorio por donde se podía observar cómo maquillaban o cosían a los difuntos en la sala, y si alguna vez lo veía al día siguiente lo contaba a mis compañeros de clase para hacerme la interesante, aunque visto desde ahora tal vez esto tenga alguna relación con que yo no fuera de las populares. La banda sonora me gustó tantísimo que me la pedí por Reyes en una cinta de casete, y estuve escuchando once canciones lánguidas en bucle durante años en el cuarto de jugar en un radiocasete de plástico de color rojo con unos botones que, cuando los apretaba, soltaban los sonidos de varios animales de granja.

Aquella banda sonora, cuyo tema principal todavía me suscita cierto runrún de tristeza, me acompañó hasta que, pocos años más tarde, vi *Dirty Dancing*. Sería ya preadolescente. Con aquella protagonista, Jennifer Grey, también me identificaba, aún más. Me pasaban dos cosas con aquella actriz: era físicamente igual que mi madre a su edad (cuando digo igual quiero decir igual, exacta), era tímida como nosotras (incluyo a mi madre en este nosotras) y, como la protagonista de la peli, yo empezaba a encontrar un palo ir de vacaciones con mis padres, a no ser que me pasara algo emocionantísimo como ligarme a Patrick Swayze, quien, para colmo, me parecía clavado a mi Joanet con unos cuantos años más. Lo que me seducía de aquella película era ver cómo una mujer nada espectacular y tímida como mi madre podía acabar siendo la reina del mambo. Incluso sin saber bailar. Aquel año por Reyes tocó pedir otra cinta de casete con una nueva banda sonora, un poco más alegre.

Por suerte, he ido evolucionando en cuanto a películas favoritas, pero en general doy mucha importancia a la música que acompaña la historia —excluyendo los musicales, género que detesto con fervor— y también a que no haya malos que lo quieran estropear todo. Esto me angustia mucho. Pienso que bastante cabrona es la vida como para tener que inventar más personajes malnacidos.

Quizá, que Fran baile como un dandi tiene algo que ver con el hecho de que me enamorara de él años atrás. No conozco a nadie que baile tan bien como él. Para mí era un espectáculo verlo moverse, no podía entender cómo tenía aquel dominio sobre su cuerpo larguirucho o, por contraste, yo tan poco sobre el mío.

Quizá también por esta necesidad mía de ir asociando bandas sonoras a épocas y momentos concretos de la vida, el día en que por fin Elizabeth llegó a mi casa con la maleta yo ya la esperaba con música de fondo. Había dejado atrás hacía años los discos de Placebo, Pixies o The Killers, y ahora estaba más bien en fase Elvis Perkins, Richard Hawley o Patrick Watson. Buena elección, sin duda, porque nada más entrar ella dijo *oh, j'aime cette chanson!* Y dos besos. (Sonaba *Words in the Fire*, de Watson.) *Dommage que je ne sache pas danser,* y me sonrió como callándose el resto. Y yo, que soy como un iceberg, donde la parte que se ve es solo lo que pronuncio y la parte de debajo del agua, diablillos de primavera que me bailan, me bailan, tracatrá, esta vez me llevé la contraria y me acucié a replicarle *qu'il faut pas savoir danser pour danser cette chanson*. Allá me teníais, flirteando casi por inercia, como cuando con catorce años le confesé que tenía un nombre precioso en un idioma que no era el mío. Pensé que quizá no era tan, tan diferente de Vada, en realidad, y sí que sabía lanzarme cuando no podía evitarlo. Entendí incluso a la actriz de *Dirty Dancing,* que se lanza a bailar a pesar de las inseguridades y la vergüenza porque, poniéndolo sobre una balanza, tenía más que ganar que que perder.

Mientras le llevaba la maleta a la habitación la oí leer en voz alta con su acento afrancesado un poema inacabado de una libreta que me había dejado abierta por error en el escritorio: *Hay canciones que te rozan / el pelo y te acarician / la cara. / Que son como besos en el aire. / Al menos yo los imagino, / que flotan como la música / que escucho, que flotan / como si ella los pudiera recoger.*

Salí de la habitación roja como la luz del faro de mi pueblo.

—Tenemos que hablar de muchas cosas, reordenar el futuro es uno de mis pasatiempos favoritos —le dije nerviosa, sin pensar.

—¿Abro el vino? —ella, en cambio, parecía tan tranquila.

—Ábrelo, pero no podré acompañarte. Me inseminé hace once días.

—Qué-dices. ¿Y no me podías haber esperado un poco más, después de explicarme un año de intentos? —me lo decía de broma.

—Va según la ovulación, ¿sabes, lista? Pero mira, mañana me haré un test de embarazo nada más despertarme, así que si es que sí, serás la primera en saberlo.

—¡Gina, estoy emocionadísima! —me abrazó fuerte—. ¿Cómo lo has hecho? ¡Cuéntamelo todo!

—Lo que costó fue escoger donante, Elizabeth, me tendrías que haber visto. Te lo habrías pasado bien ayudándome a escoger, creo. Una vez lo tuve elegido, hice el pedido online para que me llegara un día exacto antes de cuando tenía previsto ovular. Total, que un martes al mediodía llegó un mensajero bizco con un paquete. El mensajero estaba asustado porque no sabía qué llevaba dentro del paquete, pero llevaba vida. Bueno, vida congelada, de momento. El «material» te lo mandan dentro de un tanque de nitrógeno líquido, lo dejas descongelar durante diez minutos, lo pones dentro de una jeringa que viene con el pack y te lo introduces en el oído.

—Idiota. Sigue.

Me dijo idiota pero se rio. Continué.

—La semana de la ovulación me hice un disparate de tests de los de mear en un bastoncillo para saber el día y el momento en que me lo tendría que introducir. Al final se me retrasó cuatro días la ovulación y tuve seis días el tanque de nitrógeno dando tumbos por casa. No podía abrirlo hasta veinte minutos antes del momento de ponérmelo. Lo tuve aquí en la mesita del sofá a modo de tótem tres días y otros tres días lo tuve en la habitación, porque estaba muy sola. Al final, el sábado, el test de ovulación sonrió. Había llegado el día exacto. Me lo haría al anochecer, así ya no tendría que levantarme de la cama, no fuera a ser que aquello, una vez en vertical, se me cayera al suelo, ¿sabes qué quiero decir?

»La semana anterior había ido a comprarme unos guantes de látex para poder manipular las pajitas dentro del nitrógeno líquido y unos alicates para cortar el alambre que cerraba el tanque. Te cuento: las pajitas son dos tubos de cero con cincuenta mililitros cada uno, es decir, un mililitro en total, es decir, veinticinco millones de espermatozoides hábiles. Vale, estaba nerviosa. Y sola. Sola porque quería estarlo, pero sola al fin y al cabo. Recordé al *coach* (ya ves tú qué momento también para ir a recordar a aquel hombre) diciéndome que todo influye en el carácter de la criatura a la hora de engendrarla: que si luna llena, que si el viento que sopla, mañana o noche, de cara al norte o al sur, al este o al oeste, música o silencio o gritos de fondo. Pensé en poner música clásica, Mahler, ¡me acordaba, Elizabeth!, qué sé yo, pero entonces me di cuenta de que no estaba para música ni para chorradas, que necesitaba todos los sentidos concentrados en aquello. Siempre he sido bastante patosa con las manos, tenía pánico a que el material se me cayera y se desparramara por el suelo, como te puedes imaginar.

»Con los dos tubos venía una jeringa con la que (debo decir que era bastante intuitivo) succionar el material de los tubos para trasladármelo lo más cerca posible del cuello del útero. Hacía frío aunque tenía el calefactor encendido. También encendí la mantita eléctrica de la cama —si queréis a alguien de verdad, regaladle una mantita eléctrica para dentro de la cama, de corazón os lo digo—. Me desnudé y me tumbé. Está claro que me hubiera podido bajar los pantalones y las bragas un poco y hale, pero quería darle un poco de trascendencia, de pureza, no sé, de escenografía —llegadas a este punto del relato, desde que me había llamado idiota Elizabeth no había vuelto a decir ni pío. Me escuchaba con una atención que parecía que tuviera que repetir con todo detalle cada una de mis palabras una vez yo acabara de hablar—. Tumbada en la cama, sujetaba la jeringuilla en vertical con la mano izquierda y con la derecha me empecé a tocar, por no estar seca, para que no me hiciera daño, ¿sabes? Pero con poco o escaso resultado, francamente, porque de erótico aquello no tenía nada. Tampoco tenía mucho tiempo antes de que los espermatozoides se empezaran a morir, solo un minuto, me había puesto un cronómetro, no te lo he dicho —ella asintió con la cabeza y con los ojos inquisidores, ávida de que continuara—. Cuando pasó el minutito, me coloqué una almohada debajo del culo, levanté las piernas y las apoyé en la pared. Estaba destapada y tenía frío. Entonces, ya sí, me introduje la jeringa, me costó bastante poderla llevar bien adentro y, de hecho, mientras ya estaba en pleno ejercicio pensé que aquella postura no era para hacérselo una mujer sola pero ya era tarde para cambiarla y solté todo el líquido. Según las instrucciones, debía mantenerla un ratito, que es un periodo de tiempo muy indeterminado, antes de retirarla poco a poco. Durante estos breves minutos, recuerdo haber pensado que vaya tela, mi relación con las jeringas. Después, tenía que seguir tocándome hasta llegar al orgasmo, idealmente. Por un tema de flujos y contracciones musculares que ayudan a transportar el esperma hasta el óvulo.

—*Et tu as pu?*
—*Mais oui, pourquoi pas?*
—*Et tu as pensé à quoi à ce moment-là?*
—¿Me estás preguntando en que pensé mientras me masturbaba después de inseminarme? —la sonrisa atarantada que acompañaba la frase quería decir que la de antes, todavía, pero que esta sí me había parecido una pregunta extraña.
—*Eh bien, ce n'était pas un moment normal.*
—Yo siempre pienso en la paz mundial para llegar al orgasmo. ¿Tú no? —le salió el vino por la nariz con la risa y mí me pareció que estaba encantadora.

—A veces he pensado qué habría pasado si me hubieras escrito entonces, a los catorce años, cuando te di la dirección. ¿Por qué no lo hiciste? Me da algo de pena no haber estado hablando contigo durante todos estos años, me caes bien, ¿sabes? Podríamos haber sido amigas.

—Bueno, ¿igual lo somos, no? O tenemos potencial para serlo. Conocí a un hombre, un pelín demasiado místico para mi gusto, que me decía que todas las cosas pasan exactamente cuando tienen que pasar. A mí me da rabia esta frase pero quién sabe. Quizá, a lo largo de los años, o de más joven, yo no te habría caído bien, o incluso tú a mí —levantó una ceja. Continué—. No lo hice porque siempre he tenido la sensación de no estar a la altura de las cosas importantes. Y para mí, que a ti te cayera bien la carta era una cosa importante. Tenía pánico de que la leyeras y te diera igual.

Era evidente que Elizabeth no tenía mis problemas de autoestima. Era una mujer que se sabía inteligente, autónoma, autosuficiente, sincera, segura, incluso guapa. Todo esto me gustaba de ella porque nada de esto lo tenía en exceso. Sus flaquezas también me gustaban porque la acercaban a la realidad, a la verdad. La vulnerabilidad, el miedo al amor, la culpabilidad no expresada, las pinzas con las que agarraba la vida y la vivía a medias, la evolución personal que le podía quedar por hacer. La que me quedaba a mí, tenía ganas de hacerla con ella. Todo esto pensaba mientras ella hablaba ahora en francés, ahora en catalán, sobre estos últimos años por París.

—*Et alors,* háblame de tus planes. ¿Cómo lo vas a hacer si te quedas embarazada?

—Como una madre soltera normal.

—Vale, ya, pero ¿y si tienes un brote? ¿Y si no puedes sola? —era natural que Elizabeth me estuviera preguntando estas cosas.

—Si no puedo sola porque tengo un brote, o sin tenerlo, pediré ayuda. Volveré al Delta, a casa de mi madre si hace falta, y si no lo necesito me quedaré aquí. Ya iré viendo. ¿Y tú? Háblame de los tuyos, de tus planes.

—Yo solo tengo que contratar a un buen arquitecto y a un buen diseñador de interiores y a una buena empresa de marketing online y a unos buenos gestores y, en un año, negocio en marcha, ¿verdad? Tengo cuarenta y seis años, tampoco soy tan mayor, de hecho soy todavía bastante joven, ¿verdad? —me apresuré a decirle que tenía la edad perfecta—, pero allí en París de repente me cansé de la vida que hacía años que llevaba, un día tras otro y un año tras otro de lo mismo. A veces la vida te lleva ella sola a puntos de inflexión. Se me había muerto Gladys, la persona más cercana que tenía, y, por primera vez, la soledad me molestó. Todo lo que me había hecho feliz tiempo atrás, la tranquilidad, la rutina, un mundo pequeño, ahora me asfixiaba. Era evidente que necesitaba un cambio de grandes dimensiones. ¿Sabes, Gina? —me dijo con cierto aire de derrota—, un día te despiertas y no sabes cómo te has plantado en donde estás. Cómo es que tienes cuarenta y seis años y te ha pasado más de media vida y no sabes qué has hecho y peor aún: por qué lo has hecho. A veces pienso que analizamos demasiado la vida, la pensamos demasiado porque sabemos que tenemos que morir, y en cambio, luego la vivimos como si nada, como si nos olvidáramos de lo que hemos pensado. ¿Me entiendes?

—Sí, sí te entiendo. Yo creo que la vida la tenemos que vivir como un Tour de Francia que nos dejan correr pero que no podemos ganar, como si nos hubieran descalificado a la salida porque teníamos que ser de un país oficial, qué sé yo, y somos de un lugar extraoficial que no puede competir, algo así de absurdo; pero precisamente por eso tenemos que intentar ganar todas las etapas. Si lo piensas, entonces no tienes la presión de tener que ganar (te descalificaron al nacer) y, en cambio, tienes un tiempo indeterminado para intentar pasarlo bien y hacer un papel lo más digno posible —me miraba como se mira a los fractales—. Imagínate que encabezas un partido político que ha sido ilegalizado injustamente por el gobierno, sabiendo que, aunque ganaras las elecciones, no te dejarían gobernar. ¿No intentarías ganarlas igualmente, con mayor motivo?

—Ostras, ahora he sentido un pinchazo en el estómago, similar a la euforia. Se nos hará corta la noche como sigamos tocando temas tan trascendentales. Y hablando de cosas importantes, insisto: tú te lo has pensado bien, ¿verdad? Será duro, física y mentalmente. Conozco a otras madres solteras sanas y están extenuadas, deprimidas y quejándose siempre por el dinero.

—Quizá el problema es que la gente está muy acostumbrada a quejarse. Mira, seguramente tengas razón y yo no me esté haciendo una cuenta real, ni siquiera aproximada, de lo que se me viene encima, pero he valorado todo eso que me dices y aun así no puedo no hacerlo. Son mis planes, mi proyecto vital; si renuncio, si ni siquiera lo intento, me quedaré viviendo proyectos vitales secundarios. ¿Sabes?, te habría dejado incluso elegir el donante. Pero fíjate que en realidad lo único que puedes elegir es si tienes ganas o no de vivir de cerca todo lo que vendrá.

Se quedó callada unos segundos, seria. Cogió la copa de vino, dio un trago lento y cuando la dejó me dijo:

—Me muero de ganas de ser tía de nuevo, qué narices.

Me dio un beso en la frente, me dijo *bonne nuit, ma chérie,* y reclinó la cabeza en su almohada. Cerró los ojos. Yo no. Yo continué mirándola. Al final no le había dicho que en la casa rural de Masdenverge tenía que hacerse instalar una chimenea, que hacía un año que me había enamorado de aquel aroma de leña y del frío húmedo del invierno cerca del mar. Y que ella quizá también se enamoraría de la compañía del fuego del hogar, y quién sabe si en su soledad encontraría la mía. La miraba dormir y me parecía la vida un juego fantástico. Ella era, para mí, la persona más bonita del mundo. Siempre lo había sido. Y no era importante que el tiempo le hubiera descolgado un poco la piel, le hubiera arrugado un poco la cara. Era la más guapa solo por el hecho de que era ella y no ninguna otra persona. La misma chica que me ofreció mi primer café y me guiñó un ojo hacía dieciocho años. Era todo lo que la hacía ella lo que me gustaba. Volví a pensar en Franziska y en su teoría sobre el amor lésbico. La amas toda por quien es, por quien ha sido y por quien será, independientemente de sus pechos o de sus carnes. De una mujer te enamoras distinto. Ves a la persona a través del tiempo. No es tan físico, pero te la beberías. Me dormí imaginando cómo debía de ser la piel de su espalda y su cara por la mañana.

Me despertó su mano apartándome el pelo de la cara. Entraba el sol afilado y frío de diciembre entre las persianas de mi cuarto. *Tu es si belle,* soltó con voz flojita y adormecida. Y a mí me salió decirle un verso de Miquel Martí i Pol que tenía en forma de cuadro colgado en el comedor y que podía ver desde la cama: *La belleza es un pájaro que se nos muere en las manos.* (Yo siempre queriéndola impresionar.) Ella sonrió apartándome la mirada, por primera vez la vi tímida. Pensé que era un buen momento para decirle «creo que hace tiempo que te quiero», porque las cosas importantes que no se dicen se quedan sin decir y entonces no sirven para nada. No era cuestión de que se quedara sin decir el amor.

—*J'aime pas les femmes* —me dijo mientras se me aproximaba.

—*Moi non plus* —y nos volvimos a besar como si fuera primavera en pleno diciembre.

Agradecimientos

A Eva Piquer, que un día me obligó a escribir, a Esperanza Sierra, a Natza Farré, a Albert Om, a Vanesa Roca, a Emma Vila, a Marina Barceló, a Mireia Salvadó, a Eugenia Broggi, a Adriana Plujà, a Pilar Álvarez y a mi hermana Núria Climent, que se fue leyendo el libro a medida que me lo inventaba y todo le parecía buenísimo. Creo que es gracias a su entusiasmo que continué escribiendo hasta el final.

Este libro se terminó
de imprimir en
Martorell, Barcelona,
en el mes de
mayo de 2024

«Para viajar lejos no hay mejor nave que un libro».
EMILY DICKINSON

Gracias por tu lectura de este libro.

En **penguinlibros.club** encontrarás las mejores recomendaciones de lectura.

Únete a nuestra comunidad y viaja con nosotros.

penguinlibros.club

Penguin Random House Grupo Editorial

penguinlibros